La vie est difficile

Sławomir Mrożek

La vie est difficile

NOUVELLES

Traduit du polonais
par André Kozimor

Ouvrage traduit avec le concours
du Centre national des lettres

Albin Michel

« LES GRANDES TRADUCTIONS »

22, rue Huyghens, 75014 Paris

ISBN 2-226-05580-0

Révolution

DANS ma chambre le lit se trouvait ici, l'armoire là, et entre les deux il y avait la table.

Jusqu'au jour où j'en eus assez. Je déplaçai le lit là, et l'armoire ici.

Pendant un certain temps je sentis couler en moi un courant novateur vivifiant. Mais au bout de quelques jours... l'ennui revint.

J'en tirai la conclusion que la source de mon ennui était la table, ou plutôt sa position immuablement centrale.

Je poussai donc la table là, et le lit au milieu. De façon anticonformiste.

Cette seconde nouveauté me redonna de la vitalité, et tant qu'elle dura, j'acceptai la gêne anticonformiste qu'elle occasionnait. En effet, je ne pouvais plus dormir maintenant le visage tourné vers le mur, ce qui avait toujours constitué ma position préférée.

Au bout d'un certain temps, néanmoins, la nouveauté cessa d'être nouvelle, et seule subsista la gêne. Dans ces conditions, je poussai le lit ici, et l'armoire au milieu.

Cette fois, le changement fut radical. En effet, l'armoire au milieu de la chambre, c'était plus que de l'anticonformisme. C'était de l'avant-garde.

Au bout d'un certain temps, néanmoins... Ah, ce maudit « certain temps »! Bref, même l'armoire au milieu de la chambre cessa de me paraître quelque chose de nouveau et d'inhabituel.

Il convenait d'opérer une cassure, de prendre une décision fondamentale. Si, dans le cadre ci-dessus défini, aucun véritable changement n'était possible, il importait de sortir complètement de ce cadre. Dès lors que l'anticonformisme se révélait insuffisant, dès lors que l'avant-garde ne donnait aucun résultat, il fallait accomplir une révolution.

Je pris la décision de dormir dans l'armoire. Tous ceux qui ont essayé de dormir debout dans une armoire savent qu'avec une telle absence de confort on est absolument assuré de ne pas trouver le sommeil, sans parler de l'exténuation qui s'empare des jambes, et des douleurs dans la colonne vertébrale.

Oui, ce fut la bonne décision. Succès, victoire complète. Car, cette fois-ci, même le « certain temps » n'eut aucune prise. Au bout d'un certain temps, non seulement je ne m'habituai pas à mon changement, c'est-à-dire que le changement demeura changement, mais au contraire, je ressentis ce changement avec de plus en plus d'acuité, car la douleur allait croissant à mesure que le temps passait.

Tout aurait donc été pour le mieux, n'eût été ma résistance physique, qui s'avéra limitée. Une certaine nuit, je n'y tins plus. Je sortis de l'armoire et m'allongeai sur le lit.

Je dormis trois jours et trois nuits. Après quoi je

poussai l'armoire contre le mur, et la table au milieu, car l'armoire au milieu me gênait.

Maintenant le lit se trouve ici, comme avant, l'armoire là, et entre les deux il y a la table. Quand l'ennui me guette, je me remémore l'époque où j'étais révolutionnaire.

Le visage

LA salle était grande, si grande que même l'immense bureau situé en son milieu avait ici des allures de jouet. Deux hommes étaient assis à ce bureau. Le visage de l'homme qui se trouvait derrière le bureau était immobile, hiératique, marmoréen. Par contre, le visage de l'homme qui se trouvait de ce côté-ci était si mobile que – aurait-on dit – il allait le quitter d'un instant à l'autre et commencer à courir dans tous les coins, s'agripper au plafond ou sauter par la fenêtre, si cette dernière avait été ouverte. Il exécutait diverses poses et grimaces, et, de façon générale, se comportait comme s'il était animé d'une vie bien à lui, indépendante non seulement de la volonté de son propriétaire nominal mais même du corps de celui-ci.

Il venait précisément de dire quelque chose; alors, le personnage marmoréen de derrière le bureau se racla la gorge et fournit la réponse suivante :

– Oui, nous en sommes ravis, très ravis, mais...

– Mais?

– Mais ce n'est pas aussi simple que vous le croyez.

Le visage quitta d'un bond l'un des palmiers qui décoraient la salle d'audience, se glissa sur les dalles de marbre et se percha sur l'épaule de son propriétaire nominal.

– Pourquoi? Est-ce que ma déclaration n'est pas très claire?

– Votre déclaration est tout ce qu'il y a dc plus clair et, comme je viens de le dire, nous en sommes ravis. Vous êtes célèbre, et nous, nous sommes forts. La force se réjouit toujours quand la célébrité lui apporte son appui, et elle lui rend la pareille.

– Où est donc le problème?

– Il y a certaines contradictions. D'un côté, vous êtes une personnalité extrêmement populaire, et votre adhésion à notre mouvement, à nos idées, à notre organisation serait pour nous un argument de propagande très positif, mais d'un autre côté...

– Mais je tiens justement beaucoup à rejoindre vos rangs.

– ... D'un autre côté, c'est précisément votre popularité qui nous pose problème. Car nous devons tenir compte de la façon dont cette popularité se manifeste. Vous êtes en effet le plus grand comique de notre époque; il vous suffit d'apparaître sur scène pour que tout le monde se torde de rire avant que vous n'ayez ouvert la bouche. La seule vue de votre visage provoque sur le public un effet hilarant. Vous êtes...

– Un clown.

– Je ne voudrais pas employer ce terme, car votre art se situe bien au-delà d'une telle définition courante...

– Mais pourquoi donc? Je suis bel et bien un clown et je n'en ai pas honte. Puisque c'est mon métier, ma vocation, et que si je suis célèbre, c'est justement pour cela. Je n'ai pas même honte du mot de « pantin ». Je suis un pantin et je me produis dans un cirque. Et puis, quand même, mon art, le cirque... tout cela, vous le cautionnez.

– Bien entendu que nous le cautionnons, comme tout ce qui est sain et qui vient du peuple. Mais réfléchissez un peu : est-ce que quelqu'un qui a comme vous un visage à la seule vue duquel les gens se contorsionnent de rire peut décemment se retrouver dans les rangs de notre mouvement, dont les principes et les buts sont sérieux, mortellement sérieux?

Le visage sauta sur le tapis pour s'y aplatir de tout son long. Ne pouvant toutefois, de par sa nature, rester absolument immobile, il se tortilla sans émettre le moindre bruit.

– Mais je vous assure que mes intentions sont sérieuses!

– Les vôtres, peut-être bien, mais pas celles de votre visage. Il suggère toujours le mot d'esprit, l'anecdote, bref l'ambiguïté. Or, nos idées sont univoques. Absolument univoques. Lui, votre visage, il incarne votre génie, or votre génie repose justement sur des intentions qui ne sont pas sérieuses. De vous, tout le monde attend exclusivement des intentions non sérieuses, et aucune force ne pourra les convaincre qu'elles sont autres.

– Et pourtant, je le pense sérieusement.

– Le problème avec vous n'est pas de savoir ce que vous pensez, mais de savoir quelle apparence vous offrez. Or, quelle est cette apparence? Une fois dans nos rangs, elle aurait tout de suite pour effet de ridiculiser ces derniers, donc de les compromettre.

Et ce en dépit de vos intentions les plus sérieuses. En vous voyant parmi nous, sous nos drapeaux, en écoutant nos mots d'ordre proférés par votre bouche, les gens cesseraient de croire au sérieux de ces mots d'ordre et de nos drapeaux, de nos principes et de nos buts, et, généralement parlant, de tout notre mouvement. Et ils commenceraient à rire de nous.

– Ce serait affreux.

– Vous parlez sérieusement?

– Bien entendu.

– Vous voyez? Je me surprends moi-même à soupçonner en vous de l'ironie. Oui, je sais, je sais, vous parlez sérieusement, et pourtant... Mais je vous prie de ne pas vous inquiéter, ce n'est quand même pas de votre faute : seulement celle de votre visage. Mais où est-il passé? Il était là, sur le tapis, il y a encore un instant...

– Il est maintenant sur le lustre, je crois bien...

Tous deux regardèrent vers le haut pour vérifier la chose, puis ils se regardèrent mutuellement.

– Justement. Vous voyez bien. Vous êtes assis ici, devant moi, et lui est complètement ailleurs. Est-ce qu'on peut faire confiance à un tel visage? Est-ce que vous êtes en mesure d'assumer la responsabilité de votre propre visage?

– Non, répliqua le clown, écrasé, et il rentra la tête dans les épaules. Non, je ne peux pas.

– Bon, eh bien, fit le hiératique qui se leva. Rentrez donc chez vous. Nous apprécions votre disponibilité et votre enthousiasme pour notre cause, mais il faut que nous en restions là. Vous continuerez à être disponible et plein d'enthousiasme, et nous continuerons à l'apprécier, mais il nous est impossible de vous compter dans nos rangs. Tout simplement impossible.

Le clown, écrasé, fit sa révérence et se dirigea vers la sortie.

– Encore une chose.

Le clown s'arrêta près de la porte.

– Ne parlez à personne de votre enthousiasme pour nos idéaux. Ne dites à personne non plus que vous nous avez rendu visite pour nous demander de vous inscrire dans notre organisation. Moi-même, si je ne vous croyais pas, je pourrais penser que, de votre part, c'était, que c'est... une provocation.

Le clown enfonça plus encore la tête dans les épaules.

– Bon, vous savez, moi je ne le pense pas. Mais les autres, vous savez bien ce que les autres penseraient. Donc, motus et bouche cousue, une fois encore motus et bouche cousue. Dans notre intérêt, mais aussi le vôtre. Si votre enthousiasme est sincère, passez-le donc sous silence. C'est seulement de cette façon que vous pourrez servir la cause pour laquelle vous faites preuve de tant d'enthousiasme.

Le clown l'assura de sa discrétion, et la lourde porte se referma derrière lui. Le marmoréen s'assit et se plongea dans la lecture de documents importants. Mais au bout d'un moment, quelque chose attira son attention. Il leva les yeux de son bureau et remarqua que cette chose bougeait et frétillait sur le plancher près de l'imposante porte en chêne massif et luisant.

C'était le visage qui tentait de sortir en se glissant dans la fente entre la porte et le plancher. Mais en vain.

La statue posa sa plume, se frotta les mains, puis, s'emparant d'un lourd presse-papiers en laiton qui se trouvait sur le bureau, elle s'avança en direction du visage, aussi silencieusement que le lui permettaient ses bottes qui, hautes et à tiges, étaient lourdes elles aussi, et luisantes au plus haut point.

Anecdote tirée de l'histoire la plus récente

NOTRE général est connu dans le monde entier, même parmi les peuples jaunes et noirs, lesquels, bien qu'ayant des couleurs de peau aussi bizarres, pensent de façon juste et progressiste, ce qui explique que ce sont pour nous des peuples frères. Nous les aimons et leur envoyons divers cadeaux, et eux ne sont pas en reste avec nous. C'est ainsi que, après que nous leur eûmes récemment offert une raffinerie de sucre et un appareillage complet pour l'industrie chimique, ils nous firent parvenir un singe.

Ce fut leur ambassadeur qui remit ce singe en mains propres à notre général au cours d'une réception officielle retransmise par la télévision. On ne peut pas dire que notre général aime ou n'aime pas les singes, mais il déclara dans son discours qu'il les aimait et qu'il était ému, car il lui était difficile de dire autre chose, et qu'il présentait ses remerciements au nom de tout le peuple, car le singe serait très utile. Il fallait d'ailleurs reconnaître que l'animal était magnifique, de grande taille et, pour un singe, effectivement réussi. La seule chose, pourtant, c'est qu'on ne savait pas très bien ce qu'on allait pouvoir en faire.

Le plus simple eût été de le mettre dans un zoo, pour éduquer et instruire nos chères têtes blondes qui, en le regardant, auraient ainsi appris beaucoup de choses sur les pays lointains et auraient élargi leurs horizons. Le général était même pour cette solution, car on connaissait ses préoccupations pour les jeunes; seulement, le singe était un cadeau de peuples frères, officiel et au plus haut sommet, et il n'était pas question de l'abaisser, c'est-à-dire de le faire passer du département des Affaires étrangères à celui de l'Éducation nationale. D'autre part, un singe, surtout un singe venu de l'étranger, doit manger; or, dans notre jardin zoologique, on voyait de tout. Les gardiens faisaient preuve d'un solide appétit; non seulement ils mangeaient les pommes de terre réservées aux lions, mais il arrivait de temps en temps qu'ils finissent par se faire un lion, même si les lions, surtout quand ils sont faméliques, sont peu comestibles et puent le chat. Raison supplémentaire pour qu'un singe nouveau et bien gras ne fît pas chez eux de vieux os.

On aurait pu, il est vrai, faire stationner dans le zoo une ou deux petites divisions de fantassins, voire même, en plus, une division blindée, pour plus de sécurité, pour qu'ils maintiennent l'ordre et veillent à ce qu'il n'arrive rien de fâcheux au singe, mais notre armée, bien que nombreuse, avait tant d'obligations, et il y avait tant d'endroits où elle avait à faire que, même si on tenait compte de l'aide que ne manqueraient pas d'apporter les pays faisant partie de notre bloc, un tel projet n'aurait pu voir le jour que si s'étaient produits une augmentation continue de notre potentiel militaire et un renforcement continu de notre capacité de défense. Or, ce projet aurait vu le jour, sans nul doute, car notre potentiel militaire était condamné à s'accroître, mais, pour en revenir au singe, il fallait faire quelque chose de lui sans attendre. Aussi, même si, personnellement, cela ne l'arrangeait pas beaucoup, car notre général n'aimait pas la nouveauté, dans la mesure où toute nouveauté entraîne toujours avec elle une certaine perturbation, et que notre général ne pouvait tout simplement pas souffrir la moindre perturbation, le général décida qu'en attendant, le singe logerait chez lui, dans son domicile situé au cœur de la capitale, où il aurait sous la main et gardes du corps et nourriture.

Le singe se vit affecter une chambre dans l'aile gauche du bunker, une chambre proprette, car chez le général tout était propret, avec un petit lit, dur, il est vrai, et étroit, mais le général était un vrai soldat qui ne vivait pas dans un confort douillet, avec une bibliothèque contenant les œuvres complètes des classiques en « isme », pour qu'il ne perde pas de temps, pour qu'il s'instruise au plus vite et continue à s'épanouir. On lui donna également un pantalon, car le général était prude et rien ne le choquait davantage que l'impérialisme et la vue de certaines parties du corps, même chez le singe. Il ne fut guère aisé d'apprendre au singe à enfiler et à enlever un pantalon (or, il fallait malheureusement qu'il l'enlève, car même le général ne fut en mesure d'obtenir que le singe se passât complètement de faire ses besoins naturels), car il était obtus; mais lorsqu'on eut fait venir deux pédagogues d'un service spécialisé avec des appareils scientifiques, il fit des progrès en un clin d'œil; qui plus est, il apprit à se boutonner, même si ses mains tremblaient un peu au cours de cette opération.

L'animal, toutefois, n'en continuait pas moins à n'être qu'un singe. Ce qui veut dire qu'en pantalon ou sans, il se livrait à diverses pirouettes et grimaces, ne pouvant tout simplement pas rester en place, ce qui irritait au plus haut point le général, qui aimait bien que les gens restent tranquillement en place. Il n'osait pas toutefois mettre le singe en cabane, en raison des problèmes internationaux qui auraient pu en découler. Les peuples qui nous avaient offert le singe auraient pu demander de ses nouvelles, et comme en plus il s'agissait de peuples frères, il valait mieux faire l'économie de ce genre de complications. Il demanda donc l'aide du Conseiller, c'est-à-dire du représentant d'un très grand pays, frère également, et, même s'il était indépendant de nous, situé si près de nous qu'on n'avait même pas besoin de sortir de chez nous pour être chez eux ni de sortir de chez eux pour être chez nous. Ce pays avait pour « son » général, c'est-à-dire pour le nôtre, autant d'estime que pour lui-même, et il veillait à ce que tout se passât bien pour lui. Le général confia ses craintes au Conseiller, et celui-ci de déclarer :

« Attendons d'abord pour voir la suite des événements. Quand ce sera tout vu, nous donnerons au singe une médaille. Puis une deuxième, plus grande encore. Et une troisième, plus grande encore que la deuxième. Et ainsi de suite. Quand le singe aura obtenu dans les trente à quarante médailles, il commencera à transpirer, car les médailles sont chez nous en or véritable et elles sont lourdes à porter. A force de transpirer, il attrapera un refroidissement et il se mettra à éternuer. Quand il éternuera bien, nous l'inviterons chez nous pour le soigner. Car nos sanatoriums sont connus dans le monde entier et nos soins médicaux sont comme il faut. On n'en trouve de pareils nulle part, même chez vous. Bon, et alors, on soignera le singe, on le soignera, et après on lui organisera un bel enterrement, de première classe là aussi. Aussi bien les soins que l'enterrement seront à notre charge, et au plus haut niveau; personne ne pourra trouver quoi que ce soit à y redire. Il suffit donc simplement de s'armer de patience; cette méthode a fait ses preuves et je ne vois là aucun problème, c'est simplement une question de temps, et du temps nous en avons à tire-larigot. »

Le général le remercia, car il était bien élevé, surtout vis-à-vis du Conseiller, et désormais il supporta plus facilement les frasques de l'animal, ayant maintenant la certitude qu'un singe continue à faire des siennes tant qu'on ne le sanctionne pas.

D'ailleurs, le singe avait aussi ses bons côtés, même si ces derniers étaient loin d'enchanter le général. Les réunions d'état-major dans le bunker du général étaient si désespérément ennuyeuses que certains colonels accueillaient avec une muette satisfaction le divertissement que, quoi qu'on en dît, leur apportait le singe. Quand le général lisait tout haut ses pensées qu'il avait notées sur un bout de papier, ils levaient les yeux pour les saisir dans les hautes sphères, car ces pensées étaient très élevées, et il eût été vain de les chercher au ras des pâquerettes : cela eût même été déplacé. Ils apercevaient alors le singe qui se balançait sous le plafond, accroché à la lampe, et exécutant des mines toutes plus cocasses les unes que les autres. Il n'y eut qu'un colonel, du nom de Kasztanek, qui ne se rendit jamais compte que le singe était bien un singe : il crut que c'était là un colonel de plus. Mais comme cette tête lui était inconnue jusqu'à présent, car il ne pouvait se rappeler qu'il l'avait vue auparavant à plusieurs reprises dans le cercle de ses collègues, il se convainquit que ce colonel accroché à la lampe était un adjudant expert en affaires très spéciales, habillé en civil, en d'autres termes plutôt un agent secret, et il manifesta envers lui, c'est-à-dire envers le singe, d'autant plus d'égards. « Quelle tête! confia-t-il avec ravissement à sa femme. Il ne dit jamais un mot et ne fait qu'écouter ce que les autres disent. On voit qu'il se tient sur ses gardes; un vrai stratège. Il doit être au courant de quelque chose, parce qu'il ne dit rien. Tu verras qu'il ira loin, très loin. On ne sait pas encore comment tout ça va tourner, qui tient avec qui, ni de quoi il retourne. Mais moi j'ai du flair et je tiendrai toujours avec lui, avec celui qui est accroché à la lampe. Je suis presque sûr que j'y trouverai mon intérêt. » Ainsi parla Kasztanek à sa femme, et au cours des réunions d'état-major il adressa au singe des sourires enjôleurs; il alla même une fois jusqu'à lui faire un clin d'œil entendu. Mais le singe, pour son plus grand dépit, ne faisait pas attention à lui, car il était tombé amoureux d'un certain capitaine Dolinski, du département de la propagande. L'animal lui envoyait des baisers de la main et s'asseyait régulièrement sur ses genoux, au point que l'officier se faisait plaisanter par ses collègues. Seul le diable sait ce qu'il pouvait bien voir en la personne de ce Dolinski, qui portait des lunettes et avait d'énormes oreilles qui pendouillaient. Peut-être ces oreilles justement, car elles ressemblaient à celles d'une chauve-souris et devaient donc lui rappeler sa jungle d'origine, où, comme on le sait, on trouve toutes sortes de bestioles repoussantes, y compris des chauves-souris. Mais peut-être aussi que la question, pour lui, se situait autre part : Kasztanek était un crétin et Dolinski était intelligent.

Comme il a été dit, le général aimait la propreté, aussi bien physique que morale. Il ordonna que chaque soldat se lavât les dents au moins deux fois par an, et dans les compagnies disciplinaires trois fois. Lui-même veillait scrupuleusement à sa propreté. Il continuait à se laver les mains et à se les frictionner avec de l'alcool, à tel point que les ordonnances avaient le cœur fendu de voir un tel gâchis. En ce qui concernait les mains, la chose était facile à régler, mais maintenir le reste du corps en état de propreté était pour lui une autre paire de manches. C'est que le général n'aimait pas du tout se séparer de son uniforme; or, comment prendre une douche tout habillé? Oui, notre général et son uniforme ne formaient qu'une seule et même chose, comme s'il était venu au monde en uniforme. Il dormait en pyjama-uniforme décoré de distinctions, et son képi de général avait beau être rigide, il ne l'ôtait jamais. Pourtant, il devait parfois s'y résoudre : quand il prenait un bain. Aussi bien les considérations techniques que le respect de l'uniforme l'y contraignaient. Dans la vie de tout militaire, s'il accorde de l'importance aux questions d'hygiène, il doit toujours se produire ce moment désagréable où l'uniforme se sépare du corps et repose sur le dossier d'une chaise, tandis que le corps se dirige vers la baignoire. Et étant donné que l'uniforme, pour le corps d'un militaire, est comme l'âme pour le corps de tous les autres hommes, ce moment représente pour lui un moment où le corps se sépare de l'âme. Un être humain normal ne meurt qu'une fois, mais un militaire meurt autant de fois qu'il s'apprête à prendre un bain.

Un jour, le général décida de prendre un bain et laissa son uniforme soigneusement plié au carré sur une chaise; c'est alors que le singe se glissa furtivement dans la salle de bains et s'empara en catimini de l'uniforme. Le général sortit de la baignoire, privé de son âme, avec l'intention de ressusciter, c'est-à-dire de remettre son uniforme; il s'approcha de la chaise, regarda : plus d'uniforme! Notre général avait pris part à diverses batailles et avait plusieurs fois frôlé la mort, mais il n'avait jamais eu peur. Ce n'est que maintenant qu'il fut assailli par ce sentiment. Le général sortit en courant, mais était-ce un général? Cet homme nu, était-ce encore un général? Car comment aurait-on pu, je vous le demande, reconnaître que c'était un général (on sait bien qu'un corps de général ne porte pas le moindre signe)? Donc, le général non-général sortit en courant de la salle de bains, regarda de tous les côtés : il vit que le singe avait revêtu son uniforme. Il poussa des cris et courut vers l'animal pour récupérer son uniforme. Le singe détala. Ils débouchèrent dans le couloir; le singe prit les jambes à son cou, suivi du général (non-général). Le général courut après le singe dans tout l'état-major général. Jusqu'au moment où les gardes firent leur apparition.

« Attrapez-le, arrêtez-le! », ordonna le général aux gardes, oubliant qu'il était nu. Les gardes ne pouvaient en croire leurs yeux et ne savaient que faire. Car les attributs du général n'étaient pas sur le général (non-général) mais sur le singe (or, le singe était-il toujours un singe, maintenant que l'uniforme du général était sur lui?). Les gardes hésitaient, peu versés dans les subtilités de ces questions. Un général nu était-il toujours un général? Un singe en qualité de général, était-ce toujours un singe? Questions beaucoup trop complexes pour ces gens simples. Et même si, au lieu de ces laquais éclatants de santé qui n'avaient pas fréquenté d'écoles, des philosophes avaient assuré la fonction de gardes, il n'était pas du tout sûr non plus qu'ils eussent résolu la question. D'autant plus que le général (?) mouillé courait et criait, dévoilant à la face du monde entier ses parties intimes, qui, bien que petites, ne pouvaient échapper aux regards perçants des tireurs, tandis que le singe (?) sec en uniforme courait et poussait des cris stridents et effrayants; des portes sans cesse nouvelles s'ouvraient, et, attirés par le tumulte, des membres d'état-major sortaient la tête pour voir ce qui se passait, alors que dans les escaliers déboulaient avec brouhaha des renforts appelés à la rescousse du poste de garde. Bref, c'était la confusion la plus totale, c'est-à-dire justement ce que le général détestait le plus.

La question fut pourtant résolue. Celui qui dirigeait les opérations de garde ce jour-là était Kasztanek, ce colonel qui se vantait devant sa femme qu'il savait sous quelle roche il y avait anguille. Lorsqu'il aperçut le singe en uniforme de général – et n'oublions pas que Kasztanek était le seul colonel à ne s'être jamais rendu compte, en raison de la lenteur de son esprit, que le singe était un singe –, il se dit tout de suite que ses suppositions se réalisaient et qu'au poste de général un changement de personne venait de se produire. C'est pourquoi il décida sur-le-champ de s'adapter à la nouvelle situation et de servir le dirigeant nouvellement nommé. Il ne lui vint même pas à l'idée qu'il eût pu faire autrement. Un chef était un chef, la seule différence étant que maintenant –

selon Kasztanek – c'était un autre qui était chef. Il salua donc prestement le singe, se retourna et tonna à l'adresse des gardes en indiquant le général nu : « Arrêtez-le! »

Les tireurs poussèrent un soupir de soulagement, car quelqu'un venait enfin de mettre un terme à leur perplexité; ils s'élancèrent avec beaucoup de zèle sur l'individu en costume d'Adam, lui mirent le grappin dessus et l'entraînèrent vers la destination qui, dans ces cas-là, est le lot des dirigeants déchus, et que, dans les manuels scolaires, on appelle par euphémisme les poubelles de l'Histoire.

Lorsque le Conseiller du pays qui était un bienfaiteur et un frère pour nous apprit la nouvelle, il se mit dans une colère noire mais juste, et il nous rendit immédiatement visite pour sauver celui qu'on avait entraîné vers la destination précédemment décrite, et pour lui restituer sa dignité officielle. Mais trop tard, car l'intéressé n'était plus en état de retrouver quoi que ce fût, pas plus sa dignité officielle que ses esprits. Kasztanek s'en était personnellement occupé avec une ardeur exemplaire. Stupide était ce colonel Kasztanek et par trop zélé, même s'il voulait bien faire!

Lorsqu'il s'avéra donc que le général n'était plus d'aucune utilité, on fusilla Kasztanek et on commença à chercher quelqu'un qui eût pu remplacer notre général. Mais on ne trouva personne, ce qui n'était pas étonnant, car il n'existait personne qui, avant notre général, ou après lui, eût pu lui être comparé. Il ne restait donc plus d'autre solution que de confirmer le singe dans ses fonctions de général. Car enfin, il fallait bien que nous eussions un général ou un autre.

Et depuis ce temps-là, nous vivons donc avec ce nouveau chef d'État. Mais à vrai dire, nous ne sentons pas du tout la différence.

Pour une réforme du ballon rond

Au Conseil suprême de l'union suprême des sociétés suprêmes.

J'aimerais attirer l'attention du CSUSSS sur le problème du football. En effet, la pratique du ballon rond menace les fondements du régime.

Quand les gens regardent un match, ils ne savent pas quel sera le résultat, et il peut leur venir à l'idée que le CSUSSS ne le sait pas non plus. Ce qui peut laisser sous-entendre qu'il y a quelque chose que le CSUSSS ne sait pas.

Quand le résultat d'un match est inégal, par exemple un à zéro ou zéro à un, les gens disent que l'équipe qui a marqué le plus de buts est meilleure. Or, ceci est contraire au principe de base qui stipule que personne n'est meilleur qu'un autre et que seul le CSUSSS est meilleur que tous. A moins que le CSUSSS ne décide que quelqu'un est meilleur que quelqu'un d'autre, et ce jusqu'à nouvel ordre.

Le résultat incontrôlé d'un match ouvre tout grand une brèche dans laquelle se faufile insidieusement l'opinion selon laquelle on peut ou bien gagner ou bien perdre. L'équipe qui gagne est contente, au détriment de l'équipe qui perd et qui est donc mécontente, alors que le contentement devrait être équitablement partagé et qu'il ne devrait pas y avoir du tout de mécontentement.

Déjà en elle-même, la forme de ce ballon est contraire à la forme de notre système. En effet, ce ballon est rond et il roule, alors que notre système tient debout et bien en place. Et tant qu'à faire, puisque ce ballon peut rouler, combien de choses peuvent se dérouler, de-ci, de-là, on ne sait jamais dans quelle direction; par contre, avec notre système, il ne peut absolument rien se dérouler dans aucune direction, car il est intangible. Je propose donc de changer le ballon rond contre un carré, c'est-à-dire contre un cube. Un ballon carré, ça ne bougera jamais tout seul, et même si on le permute d'un côté ou d'un autre, il n'y aura aucune différence.

Comme le ballon est aussi pratiqué par les mouflets, la portée éducative et politique du ballon carré sera grande.

Pour résumer, je propose les réformes suivantes :

a) Les résultats de tous les matches doivent être fixés à l'avance pour toute une année par une Commission centrale de la planification, publiés dans le *Journal officiel* et diffusés par les mass media. Cela dégagera des économies supplémentaires en devises et en calories, car on ne sera absolument plus obligé de jouer les matches.

b) Toutes les équipes qui seront proclamées perdantes en vertu d'un décret élaboré en bonne et due forme par la Commission seront dans l'obligation de manifester du contentement. Les formes de contentement, telles que les manifestations spontanées de joie en dehors du club (dans la rue ou sur les places publiques), les lettres de remerciement au CSUSSS et les autofélicitations, seront mises au point par des groupes de travail et portées à la connaissance des contents. Il en ira de même pour les équipes proclamées gagnantes.

c) Pour le calcul des résultats liés aux décrets des années qui suivront, on prendra en compte le degré de contentement manifesté par les équipes respectives. De cette manière, non seulement on ne fera pas disparaître le facteur d'émulation, mais on le canalisera dans une direction saine et socialement constructive.

Avec mes salutations sportives,

SŁAWOMIR MROŻEK

Dénonciation

A Monsieur le Directeur de la police secrète.

J'ai l'honneur de vous rapporter que mon voisin est en train de devenir aveugle de manière antigouvernementale.

On pourrait effectivement croire qu'il devient aveugle, car il perd la vue, mais moi je sais à quoi m'en tenir : j'ai déjà discuté plus d'une fois avec lui dans l'escalier, et un jour il s'est tellement emballé qu'il a fini par se trahir.

Voilà ce qu'il m'a dit :

« Je veux plus voir vos sales gueules. »

La seule conclusion, c'est qu'il ne veut plus voir ni la mienne ni, et je m'en excuse, la vôtre. Sinon, auxquelles aurait-il pu penser? Donc il devient aveugle de son plein gré, c'est-à-dire de manière antigouvernementale et antisociale, car la mienne est sociale et la vôtre gouvernementale.

Par conséquent, dès qu'il a commencé à avoir des faiblesses devant moi, j'ai tout de suite compris que sous prétexte de perdre la vue, il se livrait à un perfide travail de sape. Financé par certains milieux et par les forces que l'on sait.

Et c'est encore là une preuve supplémentaire, Monsieur le Directeur, qu'il est actuellement chez lui et qu'il passe son temps à sourire. Je l'ai vu moi-même par le trou de la serrure. Il était assis dans un fauteuil et il tenait sur ses genoux un paquet de vieilles lettres attachées par un petit ruban tout défraîchi. Ce sont des lettres de sa femme, quand elle était encore sa fiancée; elle est morte maintenant depuis longtemps. Si je sais de qui elles sont, c'est parce que je les ai lues quand on l'a emmené à l'hôpital, pour ses yeux soi-disant, et que sa clé est restée chez moi. Il caresse ces lettres de la main, parce qu'il ne peut plus lire, et il sourit. Or, est-ce qu'il y a là de quoi rire, je vous le demande, Monsieur le Directeur? On sait bien à quelle époque nous vivons. Tout ça veut dire qu'il sourit parce qu'il est content de nous avoir bien eus, et qu'il croit qu'il peut, comme ça, devenir aveugle, mine de rien, par hasard, et qu'il pense que nous ne nous doutons de rien. Mais nous savons, nous savons bien; ici dans notre comité d'immeuble, nous savons déjà tout. Donc, pour tous ces sourires, je proposerais une peine supplémentaire.

Et aussi pour sa sortie des rangs. Pour son attitude non collective et individualiste. Parce que devenir aveugle, tout le monde aimerait bien. Mais voir ce qui se passe, ce n'est pas la même sinécure.

Prédiction

ALEKSANDER BYTOMSKI, serveur âgé au restaurant « Extra Lux », tomba en voulant servir une volaille à des clients qui se trouvaient à l'étage et renversa le plat sur le parquet.

Fut témoin de cette scène, entre autres, Wawrzoniewicz, élève de lycée professionnel, section hôtellerie. Il y avait à peine une heure de cela, Bytomski lui avait donné un coup de pied douloureux et lui avait infligé un affront oral entre la cuisine et la salle de restaurant.

– Allons bon, fit Bytomski, comme à lui-même.

Après quoi il se releva et ajouta :

– Je ne l'ai pas fait exprès, mon colonel.

Le colonel Zniwo, chef de département, le regarda, comme plongé dans ses pensées. Il avait invité à dîner Mariolka, membre de la troupe de ballet « L'Aigle blanc », à des fins de précopulation. Donc, en dépit de sa fatigue personnelle et de la situation difficile qui prévalait dans le pays, il se dit qu'il se devait de montrer devant elle toute sa puissance.

– Votre nom? demanda-t-il à Bytomski.

– Je vais tout de suite nettoyer! s'écria Bytomski, et tombant à genoux, il s'apprêtait à ramasser à pleines mains le poulet au beurre lorsque...

– Non, intervint Mariolka, qui avait déjà bien bu. Laissez.

– Ah bon? dit Zniwo, interrogateur, en se tournant vers elle.

Mais pour toute réponse, elle se pencha en vacillant sur le volatile et l'examina avec une concentration laborieuse. Bytomski était agenouillé devant Zniwo, dans l'attente des instructions de ce dernier.

– Je vois la victoire du socialisme dans le monde entier, déclara Mariolka. (D'un léger mouvement de tête, Zniwo autorisa Bytomski à disposer.) Je vois notre camp de la paix et du socialisme planter ses drapeaux sur les ruines de l'impérialisme et du capitalisme.

– Où vous voyez ça? demanda Zniwo sur un ton factuel.

– Ici, répondit Mariolka en indiquant le poulet. Je sais lire dans les volatiles. Oh! Et je vois encore quelque chose!

– Ce sera peut-être tout pour aujourd'hui? fit doucement Zniwo pour mettre le holà. En principe vous avez vu tout ce qu'il fallait voir.

– Je vois un homme sur quelque chose de blanc... comme sur un cheval. Oh! Il entre justement par la grande porte, je l'ai déjà vu quelque part...

– Où ça? demanda machinalement le colonel.

– Attendez, attendez, où est-ce que c'est, une si belle ville, un grand pays... Ah, j'y suis! Je vois, c'est Paris, il est en France.

– Mais qui?

– Vous. Oui, maintenant je le reconnais. Vous serez nommé gouverneur de Paris.

– Il y a de ça, acquiesça Zniwo. Des perspectives se dessinent. Même si je ne crois pas aux prédictions.

Néanmoins, d'un petit geste de la main, il permit à Bytomski, qui s'approcha de nouveau, de ramasser la volaille de façon définitive. Il ne lui demanda même plus son nom.

Pas plus tard que dans la soirée du même jour, dans l'arrière-cuisine, Bytomski rossa copieusement Wawrzoniewicz à coups de pied.

Wawrzoniewicz rentra chez lui, mais il ne se coucha pas; il se plongea dans l'étude des œuvres du noble Bakounine, du prince Kropotkine et du grand Saint-Just.

La vie est difficile

BING se débarrassa de sa massue devenue inutile.

– Le bonheur de l'humanité est enfin arrivé, dit-il en savourant les restes du crâne de Bong. Ce crâne est très bon et je suis heureux que ce soit moi qui mange le crâne de Bong et non pas Bong qui mange le mien. Les prévisions sur la venue de l'âge d'or se sont avérées.

– Qu'est-ce que Bong dirait de tout cela? fit la voix de Kangoor, fils d'un champignon de couche et d'un prix Nobel de génétique.

A la suite de la dernière guerre des mondes, on avait assisté à une dépopulation, donc à une raréfaction des rapports interhumains. Seuls les experts savaient copuler – par intérim – avec les organismes inférieurs. Kangoor fit part de cette réflexion avec prudence, c'est-à-dire de derrière des buissons, à une distance respectable de Bing qui était toujours armé.

– Erreur des idéalistes, répliqua Bing qui finissait avec délices la mâchoire de sa victime. Tout simplement en ceci qu'ils considéraient l'humanité comme une qualité abstraite, c'est-à-dire immortelle, oubliant que les individus particuliers sont mortels. Par exemple, Bong. Il en résulte maintenant que Bong n'a plus voix au chapitre. D'ailleurs, ce n'était pas une erreur *sensu stricto,* parce que l'humanité *est* effectivement une qualité abstraite.

– Qui pourtant ne peut être postulée que par un individu, dit Kangoor avec insistance. Par toi, par exemple.

– Autrement dit, tout est dans l'ordre des choses, conclut Bing, qui concluait simultanément le dernier morceau mangeable du crâne de Bong. Je vis et je postule.

Ayant dit cela, il rota et regarda plus attentivement du côté de Kangoor, à savoir du côté des buissons dans lesquels ce dernier se cachait.

– Finalement, peut-être que tu pourrais sortir de là, non? Je n'aime pas parler avec un interlocuteur dont je ne vois pas le visage.

– Le problème, c'est que je n'ai pas de visage mais un museau, répondit modestement Kangoor. Lequel museau, en plus, à la suite de mutations radioactives, ne rappelle en rien les museaux connus jusqu'à présent.

– C'est d'autant plus intéressant, acquiesça Bing. L'évolution et le progrès, ce sont deux choses qui m'ont toujours passionné. Ton père s'y connaissait. Je t'examinerais bien volontiers d'un peu plus près.

– Moi, d'ici, je te vois parfaitement, dit Kangoor avec une insistance redoublée.

Ses ancêtres du côté champignon lui avaient légué une prédilection pour les coins les plus retirés en forêt et une aversion pour les espaces ouverts, alors que de son ascendance Nobel il avait hérité une intelligence élémentaire.

– Subjectivisme, le rabroua Bing. Tu me traites comme un objet, tu me refuses une position de sujet. Au mépris de toutes les prémisses fondamentales de l'éthique. Tu ne reconnais pas en moi un individu qui te soit égal.

– Mais si, je le reconnais! dit Kangoor, offensé, et c'est pour cela que je ne veux pas sortir des buissons.

– Alors, si c'est comme ça, je vais aller te dire bonjour, s'écria Bing et, saisissant sa massue, il s'élança en direction des fourrés. Kangoor s'apprêta à prendre ses jambes à son cou. Malheureusement, la partie inférieure de son corps appartenait à son côté champignon, aussi avait-il une seule et grosse jambe, alors que Bing en disposait de deux, et des plus normales. La fuite ne pouvait donc durer bien longtemps.

– Et maintenant? demanda Kangoor, alors que Bing était assis sur lui depuis un long moment, immobile et plongé dans ses pensées. Je ne voudrais pas te déranger, mais je préférerais savoir ce que tu vas faire de moi.

– J'ai envie d'une soupe, mais je ne sais pas si elle sera aux champignons ou au Nobel.

– Bon, si c'est comme ça, je vais te révéler un secret de famille. Ma mère n'est pas née champignon de couche.

– Tiens! Et quoi donc, s'il te plaît? demanda Bing avec curiosité.

– Amanite phalloïde.

– Ton père a enfilé une amanite phalloïde?

– En génétique, il s'y connaissait, mais pas en champignons. Et puis, d'autre part, tu pourrais me faire grâce de tes grossièretés.

– Mais enfin, les amanites phalloïdes sont vénéneuses.

– Seulement quand on en fait un usage gastronomique, de la soupe, par exemple.

– Quelles complications tout d'un coup! fit Bing dans un soupir. Et moi qui croyais que nous vivions déjà à l'âge d'or!

– Peut-être qu'il faut attendre encore un peu pour que les utopies se réalisent, dit Kangoor en manière de consolation mélancolique. Et si on attendait?

Mais Alexis Samovarovitch, descendant d'un simple soldat de l'Armée rouge et d'un samovar, n'était pas de cet avis. Son ancêtre lointain, sans l'aide du moindre laboratoire, en se servant uniquement des outils les plus simples, et sans avoir fait d'études spécialisées, mais doué, par contre, d'un esprit matérialiste et dialectique, animé par l'enthousiasme et une vitalité inépuisable, avait mené à bien dans la solitude de sa garnison à la frontière chinoise une expérience infiniment plus difficile que celle dont Kangoor était le fruit.

Alexis Samovarovitch, mi-Cosaque mi-samovar, s'approcha de Kangoor et de Bing qui était assis sur lui.

– Tu ne voudrais pas un peu de thé? proposa Kangoor à Bing, dès qu'il remarqua que Samovarovitch ressemblait à un samovar. Même si ce n'est pas de la soupe, ce sera toujours quelque chose de chaud.

– *Tchaïou niet* [1], déclara avec fermeté Alexis Samovarovitch, qui libéra Kangoor des mains de Bing et Bing de la présence de Kangoor.

Cela se produisit de manière automatique, pour ainsi dire, car Alexis, qui avait beau n'être qu'un samovar, avait la libération tous azimuts dans les gènes. C'est qu'il descendait de la Rouge, l'Invincible Rouge. Comme, d'autre part, dans la patrie de ses ancêtres, tout était superlativement grand, il en découlait que les parties samovariennes de son corps étaient de la taille d'une locomotive. Rien ne pouvait faire obstacle à sa force libératrice.

– *Iob tvoïou match* [2], conseilla-t-il aux deux figures allongées sur le sol, et il s'éloigna en direction de l'Occident.

Il était, en effet, animé d'un mouvement circulatoire qui le poussait autour du globe terrestre vers l'ouest, ce qui, chez lui, était également un atavisme.

– Pour en revenir à nos moutons, déclara Kangoor qui essayait de recoller les morceaux de son unique jambe éparpillés dans les buissons et de fixer cette dernière à son torse, qu'est-ce que tu as décidé?

– J'en ai assez de me mélanger avec des mutants, répondit Bing, mais de façon assez indistincte, car sa massue lui était restée en travers de la gorge.

Après quoi, il quitta à quatre pattes le théâtre des

1. « Il n'y a pas de thé » *(N. d. T.)*.
2. « Allez vous faire foutre, fils de putes! » *(N. d. T.)*.

opérations. Sans doute à la recherche d'un être purement humain, qui n'aurait pas eu tous ces falbalas génétiques, quelqu'un qui aurait été comme lui, ou comme le défunt Bong.

Le Jugement dernier

JE mourus et partis dans l'au-delà. La grille de l'au-delà était décorée d'un drapeau rouge.

– Je m'attendais plutôt à un bleu, dis-je au portier.

– Ça fait longtemps que vous êtes mort?

– Non, il y a juste un instant.

Il dodelina de la tête, comme s'il escomptait justement cette réponse. Satisfait de lui, comme un connaisseur qui aurait apprécié un objet à sa juste valeur.

– Origine?

– De la terre. Enfin, de la planète.

Il porta sur moi le regard d'un expert plongé dans ses pensées, qui, après avoir reconnu le terrain, se demande quelle méthode il va employer. Il y avait en lui quelque chose d'extrêmement professionnel, bien que j'eusse du mal à définir de quelle profession il s'agissait. Mais, sans aucun doute, ce n'était pas celle d'un simple portier. En même temps, je ne pouvais m'empêcher de penser que j'avais déjà eu affaire à cette profession quelque part.

– Bon, dit-il. On ne va pas en faire une histoire, même si pour cette plaisanterie vous pourriez vous attirer des ennuis. Pour manque de respect, je veux dire. C'est bon pour cette fois-ci. Alors, origine?

– Je viens de vous le dire.

Il frappa du poing sur la table.

– Ouvrière, paysanne ou intellectuelle? Ou peut-être bien foncière, non?

– Foncière? Mais non, voyons, niai-je avec empressement, car un ancien réflexe s'était réveillé en moi.

– Alors, remplissez-moi ça!

Et il glissa vers moi un formulaire à nombreuses rubriques, imprimé sur un papier grisâtre de mauvaise qualité que je connaissais bien.

– Ce que je voulais dire, c'est que je pensais qu'ici on savait déjà tout. Donc, que ce n'était plus la peine.

Il leva les yeux au ciel, si l'on peut s'exprimer ainsi, car enfin nous étions déjà au ciel, avec une patience angélique, mais lourde de menaces, car trop ostentatoire.

– Bien sûr qu'on sait. Mais quel est le rapport? Savoir, c'est une chose, devoir, c'est une autre chose.

– Au ciel comme sur la terre?

– Parfaitement.

Et il me tendit un porte-plume relié à une chaînette (pour empêcher les vols? Mais ici, au ciel?) – porte-plume que j'avais aussi déjà vu quelque part. Au bout de la plume pendaient les reliques desséchées d'une mouche martyre.

– Que ce soit lisible! Et surtout n'oubliez rien!

Comment ça, saint Pierre, mais enfin nous sommes au ciel et pas sur la terre, avais-je envie de lui dire, mais je jetai un coup d'œil sur son visage rasé de près et je n'insistai pas. Saint Pierre, autant que je sache, porte une barbe florissante. Peut-être s'était-il éloigné un instant, et celui-ci n'était que son adjoint qui, en l'absence du chef, abusait de son pouvoir? Visiblement, cela se produisait même au ciel. Il ne fallait pas attacher d'importance à ces vétilles, d'autant plus qu'à part cela tout semblait normal. Sur une paroi de la guérite il y avait un portrait de Dieu le Père, avec sa grande barbe rituelle.

Muni d'un laissez-passer, je me rendis plus avant dans le paradis. Je regardai avec curiosité autour de moi, cherchant du regard les anges et les âmes rachetées. Je ne tardai pas à tomber sur eux, mais ils avaient l'air un peu bizarres, c'est-à-dire pas tout à fait comme je les imaginais. Au lieu de trôner individuellement sur leurs nuages respectifs, ils allaient quelque part en colonne serrée avec une fanfare à leur tête. La chose était explicable : sur divers tableaux que j'avais souvent vus de mon vivant, les anges utilisaient des trompettes, même si de temps en temps ils jouaient aussi de la harpe; ici, en tout cas, il n'y avait que les trompettes. Je fus davantage étonné par leurs ailes, coupées court tout près des épaules, donc à peine des ailes, rien que des moignons d'ailes. Je me joignis aux quatre derniers. Comme dans tout défilé, et celui-ci n'échappait pas à la règle, les spécimens les moins gracieux et les moins sémillants se traînaient en queue de procession. Avachis et de petite taille. Personne ne m'adressa la parole; donc, au bout d'un certain temps, je dus engager moi-même la conversation.

– Alléluia, dis-je à celui qui se traînait en dernier, en tout dernier, car c'était lui le moins fringant.

Je supposais que les gens d'ici se saluaient de cette façon.

– Alléluia, rétorqua-t-il, mais sans enthousiasme, comme pour la forme.

– Comment ça va, la Rédemption? poursuivis-je, imperturbable devant sa réserve. Ça marche bien?

– Ça va, répondit-il en m'enveloppant d'un bref regard scrutateur.

– Et ce cortège, où va-t-il?

Il m'examina plus longuement et avec plus d'attention, mais il ne répondit pas.

– Excusez-moi de poser ces questions, mais j'arrive tout droit de la terre, je ne suis pas au courant.

– De la terre? répéta-t-il, mais toujours avec la même réserve.

– Tout droit, et je n'ai rien pu apprendre à la grille. Le saint là-bas, on dirait que ce n'est pas saint Pierre, impossible de discuter avec lui.

– Saint Pierre?

– Lui, ou bien son adjoint, je ne sais pas exactement; je n'ai pas osé demander, vu qu'il m'a pris d'un peu haut.

L'avachi garda le silence pendant quelques instants.

– Et comment je peux savoir, moi, si vous êtes vraiment de la terre ou pas? finit-il par énoncer.

– Il suffit de regarder mon dos. Je n'ai pas encore d'ailes, je ne les aurai qu'après mon passage en jugement, si, bien entendu, ils se prononcent en ma faveur.

– C'est vrai, acquiesça-t-il, et il commença à se

dérider. Excusez ma froideur, mais quand vous serez ici plus longtemps, vous comprendrez.

– En un sens, les ailes que vous avez là sont bien intéressantes ; on dirait des battes de base-ball. Pourquoi sont-elles aussi courtes ?

– Allons un peu moins vite, proposa-t-il.

Nous ralentîmes le pas, jusqu'à ce que s'établît entre nous et la queue du cortège une certaine distance.

– C'est simple, expliqua-t-il quand les derniers anges furent hors de portée de voix. A quoi servent les ailes ?

– Comment ça, à quoi ? A voler, pardi !

– Et quand on peut voler, on peut aussi s'envoler quelque part, non ?

– Ça coule de source.

– Et tant qu'à faire, s'envoler pour s'envoler, on peut mettre les voiles, non ?

– Mettre les voiles ?...

– Mais oui, pour ne plus revenir.

Je commençai à y voir un peu plus clair.

– Vous voulez dire par là qu'on nous donne exprès des ailes aussi courtes... pour qu'on ne puisse pas...

Pour toute réponse, il fit marcher ses moignons. Il ne réussit pas à s'élever d'un pouce.

– Mais c'est absurde, enfin ! Qui voudrait s'échapper du paradis ?

– Ça dépend duquel. Ici, beaucoup de choses ont changé depuis que vous avez appris la religion.

– C'est vrai que j'ai fait mon catéchisme il y a

longtemps, bien longtemps de ça. C'était avant la guerre, à l'école.

– Eh bien, justement. Entre-temps l'Histoire a fait un grand pas en avant. Selon des lois inéluctables.

– Vous pourriez m'expliquer ça d'un peu plus près?

– Qu'est-ce que vous avez appris, par exemple, au sujet du péché?

– Normalement. Qu'il ne faut pas voler, tuer... Les dix commandements, quoi.

– C'est dépassé.

– Comment ça, dépassé? On peut voler et tuer maintenant?

– Ce n'est pas qu'on peut ni qu'on ne peut pas. D'une manière générale, la question n'est plus là. Il y a maintenant d'autres critères. Le péché, c'est désormais tout ce qui freine le progrès social, et la vertu tout ce qui l'accélère. Si vous tenez absolument à voler, mon ami, eh bien, volez au nom de l'accélération. C'est la même chose pour le meurtre. On ne vous jugera que par rapport à ça.

– Attendez, attendez, je ne vous suis plus. Vous voulez dire que le paradis... le paradis lui aussi est maintenant progressiste?

– Bien mieux. Le paradis, dorénavant, c'est la réalisation ultime de vous savez quoi. Selon des lois inexorables... Vous avez sûrement appris ça après la guerre.

– Oh mon Dieu! fis-je dans un gémissement.

– Quel Dieu? Je vous conseille d'être prudent avec ça.

– Donc, alors, ce saint Pierre...

– Quel saint Pierre? Liquidé depuis belle lurette.

– Mais enfin... les dirigeants du paradis n'ont pas changé. J'ai vu moi-même le portrait.

– De celui avec la barbe, hein? Ça ne vous fait pas penser à un autre portrait, avec aussi une barbe, assez ressemblant...

Ce fut pour moi l'illumination.

– Karl?! m'écriai-je.

Il fit oui de la tête. Les mots étaient devenus superflus.

Le ciel tournoya devant mes yeux. Je voulus faire demi-tour et m'enfuir de là en quatrième vitesse, mais je me rappelai qui était à la grille. L'autre m'entoura de son bras.

– On ne peut rien y faire, mon vieux, dit-il avec compassion. Ce sont les lois inéluctables de l'Histoire.

– Où est-ce que nous allons maintenant..., bredouillai-je.

– Au meeting.

– Quel meeting...?

– On va juger quelqu'un, et nous, nous allons faire la voix du peuple. « Hourra », « Haro », tu connais bien, je pense.

– Je connais, murmurai-je en regardant le ciel, c'est-à-dire en bas.

Si nous avions été sur terre, j'aurai dit : « En regardant à terre. »

– Mais attends un peu, est-ce que ce n'est pas toi justement qu'on va juger? Parce qu'enfin, tu ne l'as pas encore été, tu t'apprêtes seulement à passer devant le tribunal.

– C'est exact. C'est moi, c'est bien moi.

Il s'écarta sur-le-champ.

– Ne te vexe pas, mais nous nous reverrons seulement après l'audience, dit-il précipitamment. Je pense que tu comprends mes raisons.

– Tu crois qu'ils peuvent me condamner?

– Tu es loin d'être Vladimir Ilitch, et eux ne plaisantent pas. Dans l'ancien système il y avait des choses comme la rémission des péchés, mais maintenant, terminé, il n'y a plus que ces sempiternelles lois. Inéluctables.

Et il rejoignit ses collègues-anges. A partir de cet instant, non seulement il ne m'adressa plus la parole, mais il fit semblant de ne pas me voir.

Je me traînai derrière eux, la tête baissée. « Lois inéluctables »... « ils ne plaisantent pas » : tout tourbillonnait dans ma pauvre tête. C'était donc cela, le ciel, maintenant? Quel changement invraisemblable, tout simplement stupéfiant; qui aurait pu se douter, qui aurait pu prévoir?

Et pourtant, à bien y réfléchir, ce n'était pas là un changement qui avait de quoi surprendre. N'avais-je pas vécu assez longtemps sur terre au cours de la seconde moitié du XXe siècle? N'avais-je pas lu assez de journaux en diverses langues, de dissertations savantes, d'œuvres littéraires? N'avais-je pas suffisamment écouté la radio et des conversations mondaines, n'avais-je pas regardé suffisamment de télévisions différentes? N'était-ce pas assez pour prévoir ce que tout cela allait donner? N'avais-je donc pas compris ce qu'ils disaient, écrivaient et montraient, ni comment ils le faisaient? Mais si, j'avais très bien compris. J'observais de quelle façon poussaient les valeurs nouvelles, comment changeait la notion de Bien et de Mal, comment disparaissait l'ancienne religion et comment naissait la nouvelle. Alors?

Alors, ce n'était pas la raison qui m'avait induit en erreur, mais seulement la foi. Je ne croyais tout simplement pas que c'était pour de vrai, et jusqu'à ce point. Mon expérience individuelle m'interdisait de croire qu'eux aussi, de plein gré... Et voilà maintenant que je me retrouve ici, sans m'être aucunement préparé à ce jugement dont dépend mon salut éternel ou ma damnation pour les siècles des siècles.

Car si le salut existe, c'est que la damnation doit aussi exister. Ainsi donc...

Mais nous étions sur les lieux du Jugement dernier. Une immense vallée, que dominait une imposante montagne, le tout recouvert de toile rouge officielle. Le cortège s'arrêta dans la vallée, tandis que sur la montagne avaient déjà pris place Patriarches et Pères de la Nouvelle Église, Bienheureux, Prophètes et Saints, du bas vers le haut, selon le rang et le grade, jusqu'à la Trinité au sommet lui-même. Le Suprême, à la barbe colossale déjà mentionnée, était à la suprême place. Il était assis sur un trône et tenait en main l'Écriture, toute l'édition des Œuvres complètes. On voyait derrière ses épaules la tête de l'honorable Vice-Suprême, qui portait lui aussi une barbe, mais taillée et moins bouffante. A la gauche du Suprême était assis le Chauve, à la barbichette entièrement taillée, cette fois, en pointe, et à sa droite celui qui n'avait qu'une moustache. Et plus bas, ah, qui n'aurait-on pas vu!

C'est ainsi que je me retrouvai seul au pied de cette gigantesque montagne, avec derrière moi la foule du peuple racheté. Un archange sonna de la trompette – je ne pus reconnaître si c'était Souslov ou Boudionnyï – et le procès commença.

Le secrétaire de tribunal commença par lire à haute voix les pièces de mon dossier. Je le reconnus. De son vivant, il n'avait pas été un grand Secrétaire, c'est-à-dire qu'il avait été moins célèbre dans le monde que d'autres Premiers Secrétaires, mais il avait été très connu chez nous. C'était celui qui portait une toute petite moustache taillée en brosse, et qui se coiffait vers le haut. Beaucoup de mes compatriotes se souviennent encore de lui, et si on l'avait chargé de mon affaire, c'était sûrement parce que j'avais autrefois relevé de ses compétences. Toute ma vie terrestre se trouvait décrite dans ce dossier. Cela faisait piteux. C'est un fait, pourtant, qu'au cours de ma jeunesse j'avais appartenu à diverses organisations de la nouvelle religion, mais j'étais du genre homme sans initiative, un pharisien, pour tout dire. Et puis, plus tard... Plus tard les choses allèrent de mal en pis.

– Le prévenu a beaucoup de péchés sur la conscience, déclara en préambule le président, mais il dut s'interrompre car il y avait un bruit de conversation qui le gênait. Je vous prierai de ne pas parler dans la salle, dit-il en rappelant à l'ordre un petit rondouillard à lunettes, avec une raie, qui, dans le groupe des Bienheureux, prenait à partie ses voisins, en murmurant, il est vrai, mais de façon passionnée. Le prévenu a commis beaucoup de péchés graves, beaucoup d'offenses divines.

– Haro! cria la foule dans la vallée.

– Mais le Tribunal du Jugement dernier tient à examiner l'affaire dans ses moindres détails et donner à l'accusé une chance de salut.

– Hourra! cria la foule.

– Que le prévenu s'approche donc et réponde aux questions. Tout dépendra de ses réponses.

J'avançai de quelques pas et m'arrêtai au pied même de la montagne. Je dus rejeter la tête bien en arrière pour apercevoir le sommet.

– Je vous demanderai de ne pas nous déranger, dit le président en se tournant de nouveau vers celui qui n'arrêtait pas de discuter. *S'il vous plaît* *.

– Tiens, tiens, me dis-je. Un Français.

– Voici la première question. Que pense le prévenu de l'oppression féodale?

– J'aime beaucoup.

Un murmure d'effroi parcourut la montagne et la vallée. Ce n'était pas tout à fait vrai : je ne pense pas grand-chose de la féodalité, mais je préférais en rajouter pour plus de sécurité. Je ne pouvais pas prendre le moindre risque qui m'eût valu la Rédemp-

* En français dans le texte original. Cet astérisque sera valable pour tout le reste du texte *(N. d. T.)*.

tion. Seul le Français n'arrêtait pas de parler, ne prêtant attention à rien.

– Camarade Sartre, je vous prie de sortir. Ah bon, le prévenu est donc partisan des classes possédantes? Alors, dans ce cas, le prévenu va peut-être nous dire ce qu'il pense de la contradiction entre les méthodes sociales de production et la propriété privée des moyens de production.

Je dus attendre la fin de la brève confusion qui éclata au moment où l'on mit Sartre à la porte, car il ne voulait pas sortir de son propre gré. Dzerjinski et Thorez l'empoignèrent de concert, tandis que lui n'arrêtait pas de pérorer. C'est seulement quand ils l'eurent expulsé que le calme revint, et mes paroles résonnèrent dans le silence.

– Ça m'est complètement égal. Du moment que ça rapporte.

Montagne et vallée poussèrent un gémissement. Le président lui-même en eut comme le bec cloué. Cependant, il se ressaisit et déclara dans l'instant qui suivit, les dents serrées :

– De mieux en mieux. Donc, l'accusé est pour l'exploitation?

– Ça dépend.

– De quoi?

– Si elle est importante ou pas. Si elle est importante, je suis pour; si elle est peu importante, je suis pour aussi, mais moins.

Cette fois-ci on n'entendit même pas de gémissement. Il est parfois de ces menaces qui sont si terribles qu'elles ne se manifestent que par le silence.

– Passons à la question des mouvements de libération nationale. Quel est le sentiment de l'accusé sur ce problème?

– Vous voulez parler des Polonais?

Le silence se rompit de toutes parts et un cri d'indignation sacrée emplit l'espace du firmament. « Haro, haro, c'est de la provocation! », s'écria-t-on dans la vallée, et la montagne donna aussi de la voix par tous ses Archanges, ses Prophètes, ses Patriarches et ses Saints. On eût dit que ce tapage n'en finirait plus, jusqu'au moment où le Suprême leva la senestre. A ce signal, le silence se fit de nouveau. Le Suprême se pencha et susurra quelque chose à l'oreille du président.

– Dernière question, déclara celui-ci. Le Déterminisme Historique en personne souhaite donner au prévenu une ultime chance. De cette dernière réponse va dépendre son salut. Que le prévenu pèse donc bien ses mots avant de répondre : que pense le prévenu du...

Et là il mentionna un mot archisacré, le plus sacré d'entre les sacrés, si sacré que je ne puis le reproduire ici, dans ce récit laïque et indigne. Je peux seulement révéler, et encore avec un frisson, qu'il commence par la lettre « S ».

Et puis de nouveau le silence, mais cette fois un silence des plus profonds, le silence du cosmos. Un de ces silences dans lesquels on ne perçoit que la révolution des planètes, la pulsation du soleil et la perpétuation des galaxies. Et moi, je lâchai au milieu de ce silence :

– Je me le fous au cul.

Coup de tonnerre, abîmes béants qui s'entrouvrirent et avalèrent le blasphémateur. Dans les flammes et la fumée m'apparut en un éclair quelqu'un de gros qui tenait un cigare dans une main, une fourche dans l'autre – Churchill? Quelqu'un gloussa, sans doute Harry Truman, et fit frétiller sa queue noire; la poix de Wall Street me brûla, le soufre du Pentagone m'étouffa. Ainsi donc, c'était pour les siècles des siècles amen?, eus-je encore seulement le temps de me dire; et ne parvenant toujours pas à croire que j'avais réussi à échapper à la Rédemption, je basculai dans l'enfer du Capitalisme.

Élevage

Le Coq vint me voir; il était très inquiet.

– Il paraît que le Renard monte un élevage de poules. C'est inadmissible.

– Et pourquoi? L'élevage, c'est l'organisation, en d'autres termes la civilisation.

– Comment ça, « pourquoi »? Mais on sait tous très bien pourquoi le Renard a besoin de poules. C'est une entreprise criminelle. Il faut prendre des mesures.

– Lesquelles?

– Essayons d'obtenir un entretien avec le Renard.

– Moi aussi?

– Oui, viens avec moi; je te prendrai comme témoin.

Nous trouvâmes le Renard devant le local qu'il venait de louer. Il était en train de fixer une plaque sur la porte :

« Élevage de volailles. Directeur : Renard. »

– Enlève-moi ça sur-le-champ! s'écria le Coq.

– Pourquoi donc? Je mets sur pied une société tout ce qu'il y a de plus sérieux, il me faut donc un bureau.

– Dis-lui, toi, fit le Coq en se tournant vers moi.

– Le Coq craint que monter un élevage de volailles ne soit guère recommandable de la part d'un Renard.

– Vraiment? répondit le Renard, inquiet.

– Cela peut entraîner certaines répercussions : des critiques, que l'on peut finalement estimer justifiées, je veux dire des soupçons, des hypothèses quant aux buts réels de l'entreprise.

– Vous croyez? Et pourquoi donc, s'il vous plaît?

– A cause de ton rapport avec les poules.

– Mes intentions sont pures, et les gens racontent n'importe quoi. Je veux le bien des poules, moi. Je tiens à leur garantir des conditions d'existence décentes.

– Ah oui, des intentions pures! fit le Coq sur un ton courroucé et railleur. Et quel personnel vas-tu embaucher?

– D'autres renards, bien entendu. Rien que des professionnels.

– Tu vois? fit le Coq en se tournant vers moi. Ce n'est pas ce qu'on appelle être culotté?

– Je crains que le Coq n'ait raison. Laisser à des renards le soin d'élever des poules, l'opinion publique ne l'acceptera pas sans certaines réticences

Le Renard plongea alors dans un abîme de réflexion.

– Ah bon, si vous êtes vraiment tous deux de cet avis... Je peux faire marche arrière. Personnellement, je n'ai aucune ambition. Je faisais cela simplement pour le bien des poules.

– Tu laisses vraiment tomber? demanda le Coq, incrédule.

– Bien sûr. Seulement, j'en ai gros sur le cœur de faire une croix sur un si beau projet qui avait pour but le bien de la société.

– Tu te retires sans autre forme de procès?

– De quelle manière dois-je te prouver que je ne

suis guidé ni par l'intérêt personnel ni par la perspective d'un poste de direction?

– C'est bizarre, je n'arrive pas à te croire.

– Eh bien, si c'est comme ça, mettons sur pied un élevage de renards dirigé par des poules.

– Tu dis ça sérieusement?

– S'il est mal vu que les renards élèvent des poules, eh bien que les poules élèvent des renards! De cette manière, l'opinion publique sera satisfaite, et sur moi ne pèsera plus aucun soupçon. D'autant plus que nous te nommons directeur.

– Pourquoi moi? répliqua le Coq avec étonnement, mais un étonnement qui fut léger, léger...

– Je ne vois pas de meilleur candidat. Tu es particulièrement doué, énergique, et, ce qui ne gâte rien, tu es beau. Un directeur doit bien présenter.

– Il faut que je réfléchisse, déclara le Coq au bout de quelques instants. Je suis très pris ces temps-ci.

– Est-ce que nous pouvons quand même avoir un certain espoir?

– Je ne promets rien. Dernièrement, on m'a proposé beaucoup de postes de direction.

– Cela se comprend. Mais nous attendrons.

Nous nous séparâmes. Quelques jours plus tard, je passai à proximité de cet endroit. Sur la porte du local, on pouvait voir cette plaque : « Élevage de renards. Directeur : Coq. »

Dans la salle d'attente se pressait une foule de jeunes poules grasses et appétissantes.

– Est-ce que le directeur est là? demandai-je à une poule au secrétariat.

– Il est occupé. Il est en train d'embaucher du personnel. Vous voulez patienter?

– Non, peut-être une autre fois.

Dans le parc, je rencontrai le Renard. Il était assis sur un banc et lisait un journal.

– Qu'est-ce que tu deviens? demandai-je.

– Rien de neuf pour l'instant. J'attends l'ouverture de cette boîte, répliqua-t-il en se léchant les babines.

Rentrer ou ne pas rentrer?

Le Coq, le Renard et moi étions en vacances, lorsqu'il y eut changement de pouvoir dans la capitale. Nous nous réunîmes pour tenir conseil.

– Messieurs, dis-je. Jusqu'à présent, le pouvoir a été pour nous mi-figue, mi-raisin, ni bon ni mauvais. Mais maintenant il a changé, ce qui signifie qu'il peut être pour nous ou bien meilleur, ou bien pire. Donc, avant de rentrer dans la capitale, il faut absolument que l'on sache comment il est maintenant.

– Mais pour le savoir, il faut d'abord rentrer, fit remarquer le Renard.

– D'un autre côté, dit le Coq en poursuivant cette pensée, on ne peut rentrer en toute sécurité que si le pouvoir est maintenant pour nous meilleur, et non pire.

– Ce que pourtant nous ne saurons pas si, d'abord, nous ne rentrons pas, dis-je en conclusion.

Il se fit un silence.

– Et si un seul d'entre nous rentrait pour reconnaître la situation? Après l'avoir reconnue, il pourrait en informer les autres.

– Lequel d'entre nous? demanda le Coq, laissant entendre par là même qu'il ne se portait pas volontaire.

– Celui qui a les meilleures qualifications. Celui qui est rusé, plein de ressources et habile.

Notre regard tomba sur le Renard. « Notre », c'est-à-dire celui du Coq et le mien.

– Vous croyez vraiment que je peux faire l'affaire? demanda le Renard qui tentait de se défendre. Hypocritement, en bon Renard. Car personne n'ignorait qu'en qualité de Renard, il possédait tous les attributs qui viennent d'être cités et qui sont l'apanage de l'agent de renseignements.

– Tu es un Renard, oui ou non?

Le Renard baissa la tête. Il ne pouvait tout de même pas soutenir le contraire. En nous séparant virilement du Renard le lendemain, nous tentâmes de dissimuler notre émotion.

– Tu t'en tireras très bien, dit le Coq avec fermeté, et il lui posa la patte sur l'épaule. Tu es quand même le plus rusé de tous les renards. On a beau dire, mais moi je m'y connais en renards et je peux le certifier.

– D'autant plus que, si ça se trouve, il n'y aura aucun danger. Que dire, on t'accueillera peut-être même à bras ouverts?

– Mais oui! De toute façon tu peux être sûr d'une chose : on gardera de toi le meilleur souvenir.

Le Renard partit. Pendant un certain temps, nous n'eûmes aucune nouvelle de lui. Nous commencions déjà à nous inquiéter, quand arriva un télégramme : « Pour renards, pas mal. Renard. »

Nous poussâmes un soupir de soulagement. Notre soulagement aurait toutefois été bien plus grand si le télégramme n'avait pas été aussi laconique. Il n'était pas du tout question de moi ni du Coq dans ce télégramme. A vrai dire, une fois le premier soupir poussé, nous cessâmes de ressentir du soulagement.

– « Pour renards »..., fit le Coq, perdu dans de sombres pensées. Tant mieux que ce soit pour les renards. Mais que deviennent les coqs dans tout ça?

– Peut-être que pour les coqs aussi?

– Peut-être, mais ce n'est pas sûr. Dans ce télégramme, il n'y a pas un seul mot sur moi.

– Ni sur moi.

– Il est bête, ce Renard! déclara le Coq en colère, et il déchira le télégramme.

Nous attendîmes la suite des nouvelles. Elles arrivèrent quelque temps après. « Coqs bien vus. Renard. »

Le Coq, cette fois, poussa un soupir de soulagement qu'il fit suivre d'un deuxième, d'un troisième et ainsi de suite. Il se réjouit et corrigea à la hausse son opinion sur le Renard.

– Je comprends pourquoi il n'a rien dit sur moi la dernière fois. Parce qu'il n'avait pas encore de certitude sur mon cas, mais maintenant c'est chose faite. Il est futé, ce Renard, et bon copain.

– Mais, et moi? C'est tout ce qu'il écrit?

– Il n'écrit rien d'autre, parce que pour toi il n'est pas encore sûr. Tu dois donc attendre, mais moi je pars.

Je lui conseillai de ne pas se dépêcher comme ça, car, à rester seul, je me sentais tout drôle. Mais il ne voulut pas tenir compte de mon conseil.

– Si c'est « bien vus », c'est « bien vus ». Regarde,

c'est écrit noir sur blanc. On peut même en conclure que pour les coqs les perspectives d'avenir sont encore meilleures que pour les renards. « Bien vus », tu comprends? C'est un signe de sympathie.

– Et si le télégramme a été falsifié?

– Impossible. « Coqs bien vus », ça ne peut pas se falsifier.

En prenant congé de moi, le Coq exprima l'espoir que sous peu je lui emboîterais le pas et que nous nous reverrions tous les trois dans la capitale. C'était tout à son honneur de penser quand même à moi, bien qu'il fût tout occupé par la pensée de la carrière qui l'attendait, joyeusement excité et impatient. Un vrai Coq, quoi!

Maintenant, c'est dans la solitude que j'attendais un troisième télégramme. J'allais tous les jours à la poste et je demandais s'il y avait quelque chose pour moi. Un jour, j'entrai comme d'habitude dans le bureau de poste et je remarquai que sur le mur il y avait un portrait, qui ne s'y trouvait pas auparavant. Il représentait un bel homme en couleurs naturelles.

– Qui est-ce? demandai-je à l'employé en montrant le portrait au-dessus de sa tête. L'employé jeta des coups d'œil furtifs autour de lui, après quoi il se leva et, se mettant au garde-à-vous, répondit d'une voix officielle d'employé :

– C'est notre nouveau et très cher souverain.

Sur quoi il se rassit et ajouta, cette fois en privé :

– On nous a envoyé ça ce matin.

Je regardai attentivement le portrait. Le dirigeant était en uniforme de parade. Il portait sur la tête un shako décoré d'un panache en plumes de coq et, au côté, un sabre orné d'une queue de renard.

– Effectivement, il y a quelque chose pour vous, continua l'employé, et il me tendit un télégramme.

Je le remerciai et sortis. Ce n'est que dans la rue que j'ouvris le télégramme et lus :

« Pour toi aussi ce sera bien. Viens de suite. Coq et Renard. »

Jusqu'à aujourd'hui, pourtant, je me cache. Car je ne sais pas : ai-je ou n'ai-je pas un petit quelque chose que notre nouveau et très cher souverain pourrait se fourrer ou s'accrocher quelque part?

L'artiste

Le Coq lut cette annonce : « Recherchons animaux. Cirque. »

– Je vais offrir mes services, dit-il en repliant son journal. J'ai toujours voulu être un artiste.

En chemin, il se mit à échafauder de grands projets :

– La gloire et l'argent. Et peut-être même des voyages à l'étranger.

– Retour compris, ajouta le Renard.

– Pourquoi « retour »? A l'étranger, je signerai un contrat avec la Metro Goldwyn Mayer.

Le directeur le reçut en plein air, là où il assumait ses fonctions. On était en train de monter le chapiteau. Nous nous arrêtâmes, le Renard et moi, à une certaine distance.

– Je suis très heureux que vous nous proposiez vos services. Puis-je savoir à qui j'ai le plaisir?

– Je suis un lion, dit le Coq sans autre forme de présentation.

– Un lion? fit le directeur, étonné. Vous êtes sûr?

– Éventuellement un tigre.

– Bon, mettons. Alors, est-ce que vous pourriez pousser un rugissement?

Le Coq se mit à rugir du mieux qu'il put.

– Hmm, pas mal, mais comme lion, on fait mieux.

Si vous consentiez à faire le coq, ce serait différent. Je pourrais alors vous engager.

– Vous ne croyez tout de même pas que, pour vos beaux yeux, je vais me faire passer pour un volatile, répliqua le Coq, offusqué.

– Dans ce cas, je vous salue bien.

Sur le chemin du retour, le Coq garda lugubrement le silence. Finalement, je n'y tins plus.

– Qu'est-ce qui t'a pris de vouloir jouer au lion?

– Comment ça, « qu'est-ce qui lui a pris »...? rétorqua pour lui le Renard. Est-ce que tu as déjà vu un artiste sans ambitions?

Triangle

– SÉPARONS-NOUS, dis-je. J'en ai assez de cette histoire. Nous sommes ensemble depuis si longtemps, nous avons eu ensemble de nombreuses aventures, mais cela fait trop longtemps que cela dure et nous en avons assez, mutuellement, les uns des autres. Pourquoi donc le cacher? Moi, je ne peux plus vous voir.

– Je te demande pardon, déclara le Renard. C'est moi qui ne peux plus te voir. Ni lui d'ailleurs, ajouta-t-il en montrant le Coq.

– Et moi ni lui ni toi, fit le Coq.

– J'ai bien dit : mutuellement. Donc, l'un n'empêche pas l'autre, l'autre un autre encore, et ce dernier le deuxième et le premier. C'est un fait que nous en avons tous assez de ce petit cercle. Il ne nous reste plus qu'à nous séparer.

– Bien, acquiesça le Renard. Mais qui doit quitter qui?

– Justement, confirma le Coq. D'accord, mais qui sera le premier à quitter la bande?

– Personne ne sera le premier à quitter les autres. Nous nous séparerons tous en même temps.

– Impossible, déclara le Renard.

– Et pourquoi?

– Parce que si nous nous quittons tous en même temps, qui restera alors pour constater que nous ne sommes plus là?

– Voilà, c'est ça. Il faut que quelqu'un reste pour le constater, dit le Coq qui appuyait le Renard.

– Dans ce cas, c'est moi qui resterai.

– Ah, non! rétorqua le Coq qui n'était pas d'accord. Toi, tu resterais comme si de rien n'était, et moi il faudrait que je parte? Tu peux toujours compter là-dessus.

– Ce ne serait pas juste non plus envers moi, prévint le Renard.

– Bon alors, c'est moi qui partirai et vous, vous resterez.

Le Coq regarda le Renard, et le Renard le Coq.

– Et il faudrait que je continue à voir cette gueule de renard?

– Et il faudrait que je continue à voir ce bec de crétin?

– Alors restons tous ensemble.

– Oui, c'est la seule solution, dit le Coq après quelques instants de silence.

– Oui, c'est la seule possibilité, reconnut le Renard après quelques instants de réflexion.

– Oui, mais dans ce cas, lequel d'entre nous ira voir ailleurs? demandai-je.

– Ne t'inquiète pas, déclara le Renard. C'est vrai qu'ici nous serons tous ensemble; par contre, ailleurs, il n'y a pas de danger pour que ça nous arrive.

La vie spirituelle, intellectuelle et artistique

Aux personnes ici rassemblées.

Non, je ne dirai pas : Mesdames et Messieurs, comme il était de coutume de le faire il n'y a pas longtemps encore. Je ne commencerai pas mon discours de façon aussi ringarde, car il sera ici question d'avenir; aussi commencerons-nous par l'époque présente, contemporaine, en prenant bien soin d'éviter les anciennes habitudes. C'est que les distinctions, les changements, les différenciations appartiennent aujourd'hui au passé, entre autres les différences de sexe. Cela me permettra du reste de faire l'économie d'une certaine problématique, voire même de certains problèmes. En effet, même si je voulais continuer à utiliser cette distinction, pitoyable et injuste d'ailleurs – même si à vrai dire je ne sais pas où cet ailleurs se situe –, entre femmes et hommes, il faudrait que je mentionne d'abord les femmes, et, seulement après, les hommes, comme le voulait justement l'ancienne convention, ou bien d'abord les hommes, et les femmes ensuite, ce qui n'a jamais été vraiment une convention, mais là aussi, il me serait difficile de faire autrement. Car la linéarité de notre discours humain, le fait incontournable que nous ne puissions prononcer deux mots en même temps et que nous devions le faire l'un après l'autre, font que l'un de ces mots doit être dit en premier, et le second ensuite, ou bien le second en premier et le premier ensuite, ce qui fait de toute façon que le second, s'il est prononcé en premier, devient ainsi le premier. Pourtant, que se passerait-il si, me reposant sur cette ancienne convention, je mentionnais les femmes en premier lieu, c'est-à-dire si je commençais ma conférence par le traditionnel : Mesdames et Messieurs? La suite serait aisément prévisible. Quelques-unes des personnes ici rassemblées, celles que jadis on distinguait des autres personnes en leur affectant la dénomination de dames, se sentiraient offensées. Et pourquoi donc? Mais parce qu'en leur donnant la priorité, je serais immanquablement accusé de courtoisie, c'est-à-dire de condescendance paternaliste. Accusé donc de me sentir supérieur, car seul peut s'effacer volontairement à l'arrière-plan et se conduire de façon courtoise quelqu'un qui, étant supérieur, estime qu'il peut se permettre une telle conduite. Que Dieu me préserve donc de mentionner en premier les dames, et les hommes en second, même si je souhaitais commettre cette terrible erreur de distinction. Sous couleur de courtoisie, je ferais la preuve de mon sentiment de supériorité sur l'autre sexe, ce qui m'exposerait inévitablement à une indignation justifiée de sa part. Mais que le même Dieu me préserve également de mentionner les messieurs en premier, et les dames en second. Dans ce cas, en effet, et là sans les moindres apparences à démasquer, c'est-à-dire sans le moindre prétexte plus ou moins fallacieux de courtoisie, je ferais la preuve, directement et sans ambiguïté, du sentiment de supériorité que je viens d'évoquer. Heureusement, je ne suis plus dans cette obligation; le dilemme précédemment expliqué ne se pose plus, et les remarques qui suivent n'ont qu'un pur caractère d'étude historique, dont le but est de montrer l'épouvante dans laquelle nous vivions lorsque nous opérions des distinctions. De mettre le doigt sur le chemin du progrès que nous avons parcouru, afin que nous soyons plus à même, et là je m'adresse à toutes les personnes ici rassemblées, d'évaluer l'époque dans laquelle nous vivons. En d'autres termes, de nourrir un espoir d'autant plus justifié que l'avenir, qui constituera le thème de la présente conférence, nous apportera un soulagement encore plus grand. J'ajouterai simplement, pour clore cette entrée en matière et pour que ne subsiste plus le moindre doute à ce sujet, et ce au cas où les personnes naguère appelées femmes nourriraient envers ma personne les sentiments ci-dessus décrits, que si je venais à être impliqué dans la moindre catastrophe maritime, aérienne ou terrestre, je donnerais des coups de pied à qui mieux mieux à toutes les personnes, sans faire le tri, qui me sépareraient de la chaloupe de sauvetage ou tout autre instrument de sécurité ou de délivrance. Je puis vous assurer que je pousserais et piétinerais, sans faire de distinction entre les hommes et les femmes, conformément à la prémisse que cette distinction n'existe pas.

Oui, personnes ici rassemblées, ne pas distinguer et ne pas différencier : c'est sur cette voie que se trouve le salut. *Distinguo :* je distingue; ce terme latin constituait autrefois une devise de philosophes, une méthode pour savants et une pratique de la vie quotidienne. Et quelles en furent les conséquences? Il en résulta uniquement des différences, des dissemblances, des inégalités. Heureusement, nous nous en rendîmes compte à temps et nous prîmes une direction diamétralement opposée. Aujourd'hui, ce ne sont pas les différences mais les ressemblances qui nous indiquent la route à suivre, et des ressemblances nous passons à l'identité. Formulons donc l'espoir, mieux : la certitude, que les effets seront aussi contraires que les causes. Cette voie nous mènera à l'unité de toutes choses et de tous phénomènes, c'est-à-dire à la divinité. Car l'unité, l'unicité ne sont-elles pas des caractères divins? Et par conséquent, même l'abolition de la différence entre le sacré et le laïque nous conduit paradoxalement, mais paradoxalement seulement en apparence, à la sainteté, unique, commune et omniprésente. Tout cela donne la divinité, même si les mécontents, les rétrogrades et les partisans du style ancien affirment avec méchanceté que tout cela ne donne que du caca.

Mais avant que nous en arrivions à la divinité, ou au caca, pour reprendre le terme de nos ennemis, il nous reste encore quelque chose à faire. Il nous faut, en effet, trouver une clé à idées universelle. L'esprit humain continue de faire montre d'une tendance, digne de pitié, à produire des idées diverses et opposées; comme exemple, je prendrai ne serait-ce que ce pronostic du caca comme opposé au pronostic de la divinité. Ah, comme les contradictions nous fatiguent tous, et en particulier ceux qui, possédant la seule idée qui soit juste, doivent néanmoins perpétuellement démontrer sa justesse, bien que depuis le début elle ait été, soit et continue d'être juste. Démontrer signifie la défendre contre les arguments d'idées qui sont en contradiction avec elle, qui continuent d'être vivantes ou qui ne cessent de renaître, même si elles ont beau être erronées. Regardons de plus près comment s'effectue ce processus.

Nous créons d'abord une idée, et nous nous efforçons seulement ensuite de convaincre les autres de sa justesse. C'est là un travail laborieux et ingrat. Tel argument s'arc-boute contre tel argument, et même s'il finit par lui céder, un nouvel argument ne tarde pas à apparaître, qui prend la place du compagnon vaincu, et l'effort de conviction se poursuit, jusqu'au moment où il faut constater avec tristesse qu'on n'en voit jamais la fin. On ne peut jamais affirmer avec une certitude absolue que le dernier argument en date s'est vu couronné de succès. Est-ce là une règle obligatoire? N'y a-t-il pas moyen d'y échapper?

Eh bien, cette règle n'est pas obligatoire et il existe un moyen d'y échapper. J'en viens donc maintenant au développement fondamental de ma conférence.

Est-ce que tout le monde voit bien l'objet que je tiens dans les mains? Pour ceux qui sont assis dans les derniers rangs, j'en ferai une brève description. C'est un objet en bois, en chêne pour être précis, d'environ soixante centimètres de long, avec un bout plus gros que l'autre. Le bout le plus fin peut être entouré d'une gaine de caoutchouc pour une meilleure prise en main, le bout le plus gros peut être entièrement ferré ou bien simplement clouté. Je vous présente seulement le modèle de base, sans aucune ferrure ni gaine, les variantes et options diverses pouvant se multiplier à l'infini, en fonction des traditions locales, du matériau, du niveau technologique, des possibilités de production, de l'esprit d'invention du fabricant et des préférences de l'utilisateur. Néanmoins, les variantes proviennent toutes de ce modèle de base, immuablement simple, et qu'on appelle une matraque.

En voici le mode d'emploi. Lorsque nous rencontrons quelqu'un sur la route, nous lui donnons immédiatement un coup de matraque sur la tête. Il convient de frapper suffisamment fort pour le désemparer, mais pas trop fort pour qu'il ne perde pas définitivement conscience. Nous cessons donc de le tabasser au moment où il se retrouve allongé, mais que, bien qu'immobilisé, il garde un contact passif avec son entourage, en l'occurrence avec nous. C'est alors que nous entrons en conversation avec lui. A cette fin, nous sélectionnons l'idée à laquelle nous entendons le convaincre. Déjà le premier coup d'œil que nous jetons sur la situation nous permet de juger favorablement des avantages de notre méthode. Premièrement, nous nous assurons une liberté de choix totale dans la sélection de nos idées. Nous pouvons proposer à notre interlocuteur tout ce qui est susceptible de nous passer par la tête, aussi bien une idée préparée d'avance que quelque chose qui se présente à notre esprit à la dernière minute, sous le coup de l'inspiration. Nous ne sommes pas gênés par les problèmes que pose une élimination prématurée, encore moins l'élaboration fastidieuse des détails. C'est là une sensation très agréable de liberté de pensée, que ne connaissent pas les penseurs orthodoxes.

Deuxièmement – et le « premièrement » sera en fait une conséquence de ce « deuxièmement » –, notre partenaire est suffisamment hébété pour accepter nos thèses sans contre-arguments épineux. Nous l'assurons de la justesse de nos vues de manière instantanée, efficace et durable, car dès qu'il manifeste les premiers signes de retour à lui-même, il suffit de lui administrer quelques coups supplémentaires, même s'ils ne sont pas très forts, pour asseoir en lui la conviction profonde que nous avons raison.

Nous comprenons maintenant pourquoi l'objet dont je viens de faire une démonstration s'appelle une clé idéologique universelle. Une clé, car il ouvre la voie aux convictions, idéologique car son utilisation se déploie dans l'univers des idées, et universelle car il se prête à toutes les idées sans exception. Il est difficile de cerner au premier abord l'importance de cette invention, en raison justement de sa simplicité. Mais les plus grandes inventions n'ont-elles pas été en même temps les plus simples? La terre tourne autour du soleil, et non pas le soleil autour de la terre : cette vérité est tout simplement l'inversion de la vérité qui l'avait précédée, or ses implications et ses conséquences ont été d'une portée incalculable. De la même façon, je découvre moi aussi qu'il suffit de renverser le processus – tabasser d'abord et discuter ensuite, et non pas l'inverse, comme on l'a fait jusqu'à présent – pour que les effets en soient tout simplement étourdissants.

Nous n'allons donc pas prolonger notre rencontre de ce soir en examinant par le menu tous ces atouts, car pour cela il nous faudrait disposer d'autant de temps que celui qui nous sépare, depuis cet instant historique – celui de notre découverte –, du terme même de l'histoire humaine. J'ajouterai simplement que des exemplaires de cette clé idéologique universelle, présentés de façon esthétique et à des prix abordables, sont en vente à la sortie, près du vestiaire. Il vous est demandé de n'entamer toute discussion qu'une fois que vous aurez quitté le bâtiment où nous nous trouvons, sur la place.

Praxis

Je rencontrai dernièrement un de mes semblables, lequel, sans faire ni une ni deux, m'allongea une claque. Je voulus la lui rendre, mais la bonté prit le dessus, je me dominai, je me tournai vers lui en lui tendant la joue droite et je lui dis :

– De ce côté maintenant, s'il vous plaît.

– Dites donc, vous n'êtes pas masochiste?

– Non, chrétien.

– Ça ne fait rien. Personnellement, je n'ai rien contre les chrétiens.

– Vous m'avez mal compris. Le précepte chrétien dit : « Si quelqu'un te gifle sur la joue gauche, tends-lui la joue droite. »

– Pour que ça fasse moins mal?

– Non, pour qu'il frappe sur l'autre. C'est-à-dire en signe d'humilité. Vous comprenez?

– Non. En fin de compte ce ne sont pas mes affaires.

– Bon, alors, frappez-moi. Sur la droite, puisque vous venez de le faire sur la gauche.

– Écoutez, ça ne me dit plus rien.

– Mais si vous le faisiez pour moi... Vous comprenez, je suis maintenant sur le chemin de la vertu, alors j'aimerais autant en retirer un petit quelque chose. Sinon, à quoi bon tout ça? Tout ce qu'on dira, c'est que j'ai pris une torgnole dans la gueule, point final. Tout simplement, sans aucun mérite.

– Je ne suis pas en forme.

– Encore seulement une fois, pour que ce soit complet. Mettez-vous donc à ma place : des demi-résultats, ce ne sont pas du tout des résultats, alors que je viens d'investir cinquante pour cent. Ou bien ce sera les deux joues, ou bien je tombe à zéro pour cent.

– Bon, et puis finalement... je veux bien. Mais pour la droite, ce ne sera pas de la tarte. Parce que je ne suis pas gaucher.

– Peut-être avec la jambe, alors?

– Avec la jambe, sur une joue? Vous me surestimez. Jamais je n'y arriverai.

– Je pourrais me baisser.

– Mais à ce moment-là je n'aurais pas d'élan. Et puis d'ailleurs, si c'est la symétrie qui vous intéresse, avec la jambe ce ne serait pas la même chose qu'avec la main. Ça ne donnerait pas le même impact.

– Et si on recommençait tout depuis le début? En se servant uniquement de la jambe.

– Comment ça?

– Je vais me retourner, vous me donnez un coup de pied, ensuite je me retourne encore une fois et vous remettez ça.

– Vous êtes naïf. Tous les enfants savent que de derrière ce n'est pas la même chose que de devant. Là non plus, ça ne ferait pas du tout symétrique.

Je devins inquiet. C'est qu'il avait raison.

– Je sais, dis-je après un instant de réflexion. J'ai trouvé une solution. Il existe un autre précepte chrétien, qui dit : « Si on te lance une pierre, réponds avec du pain. » Vous prenez donc une petite pierre, comme celle-ci par exemple, elle est même assez grosse, et vous me la lancez. Et moi, je vous revaux ça avec du pain.

– Vous avez une miche de pain sur vous?

– Non, mais il y a une boulangerie, là au coin de la rue. J'en ai pour une minute.

– Ça ne me dit pas grand-chose qu'on lance comme ça du pain. Avec du pain, ça ne se fait pas, c'est un don de Dieu.

– Mais c'est ce qui est clairement dit dans le mode d'emploi.

– Bon, d'accord. Mais qu'est-ce que vous allez faire avec cette joue dans laquelle vous avez déjà investi?

– Tant pis. Notre affaire n'a pas marché, on en essaye une autre. Je la passerai aux profits et pertes, et maintenant à vous de jouer.

La pierre, effectivement, était assez grosse, et il eût été indiqué que je commence par m'approvisionner en pain pour ensuite passer à l'opération suivante. Je vacillai en effet quelque peu en me dirigeant vers la boulangerie, à la suite du coup de pierre reçu sur la tête.

– Un grand pain, s'il vous plaît, demandai-je à la boulangère.

– Il n'y a plus de gros pains. Seulement des petits.

Je n'avais pas prévu cela. Mais, en fin de compte,

du pain c'est du pain. Je fis donc l'achat de plusieurs petits pains et je retrouvai mon partenaire, lequel, il faut le reconnaître, faisait preuve de patience.

– Je vous balance maintenant un petit pain et vous êtes libre.

Le premier que je lui lançai l'atteignit entre les deux yeux. Il tomba à la renverse et ne bougea plus. J'allai jusqu'à lui; son regard s'était figé.

On ne peut pas dire, les petits pains tout rassis qu'on achète dans les magasins d'État ont leurs bons côtés.

Lorsque je m'éloignai, il ne bougeait toujours pas. Ça lui fera du bien à ce fils de pute. Qui est-ce qui avait commencé le premier?

Coexistence

MONSIEUR le curé ouvrit sa porte et aperçut le diable. Celui-ci portait une casquette rouge de jockey, il était assis à la table et regardait notre homme – c'est-à-dire le curé – avec attention. C'est que le diable, contrairement à l'être humain, n'est pas distrait. Non tiraillé entre le bien et le mal, ne se consacrant entièrement qu'au mal, il est exempt de toute perplexité, ce qui lui permet de garder sa pleine concentration dans toutes les situations.

Ceci se passait au crépuscule, alors que le curé venait de rentrer chez lui après s'être acquitté de ses obligations paroissiales quotidiennes. Voyant le diable, il soupira comme un bûcheron qui, toute la journée, a abattu des pins dans la forêt et s'aperçoit le soir qu'un chêne a entre-temps poussé dans sa maison.

Il savait pourtant, de par son expérience et sa formation, que le diable a la vie dure, c'est-à-dire qu'il n'est pas soumis aux fluctuations, aux flux et aux reflux, à l'insistance et à la disparition, au rythme du travail et du repos, du sommeil et de la veille. Il ne fut donc pas aussi surpris que l'eût été le bûcheron; tout simplement – et c'est ici qu'est bienvenue la comparaison avec notre bûcheron –, il ressentit doublement sa fatigue.

– Alors, quoi? demanda-t-il sur un ton bref et peu hospitalier.

– Eh bien, rien, je suis là, tout simplement, rétorqua le diable.

Au curé vinrent à l'esprit toutes les interprétations diaboliques, toutes les spéculations possibles et imaginables sur la nature du diable, de même que tous les exorcismes. Machinalement, il se demanda quel moyen serait adapté à la situation pour chasser le diable. Mais il y en avait beaucoup, et après une journée bien remplie, il se sentait si épuisé qu'il ne put se décider pour aucun. Il s'apprêtait à dire : « Eh bien, reste là », mais il se retint, car consentir ainsi à l'existence du mal eût été inconvenant.

– Je comprends, déclara le diable. Mais ne crains rien. Moi aussi, je te laisserai en paix, il n'y aura de ma part ni tentation ni intrigue ou stratagème. Je vais rester assis un moment, c'est tout.

« Bien sûr il ment, se dit le curé. Le mensonge est dans sa nature. Il faudrait le chasser. S'il veut s'asseoir un moment et rien de plus, pourquoi justement chez moi, pourquoi pas ailleurs? Mais je vais d'abord enlever mes chaussures et mettre mes pantoufles. Ah, si j'étais plus jeune... Mais on a son âge. Je ne suis plus aussi rapide qu'avant. »

Il enleva ses chaussures, mit ses pantoufles, se fit du thé. Du coin de l'œil il observait le diable. Mais celui-ci tenait sa promesse. Il ne disait mot, il était assis de façon réservée; il n'enleva même pas sa casquette, ce qui indiquait qu'il n'avait pas l'intention de s'installer, et, de façon générale, il ne déploya aucune des activités ou entreprises pour lesquelles il était connu.

Après avoir bu son thé, le curé, qui souhaitait non pas tant lire que gagner du temps, prit un livre qui ne soulevait pas de controverse. Mais cette raison fit précisément que ses paupières, qu'il avait du mal à garder ouvertes, lui pesèrent davantage et il ne put s'empêcher de les fermer. Lorsque sa sieste redevint une demi-sieste, il vit le diable toujours dans la même position, sagement assis à la table, mais comme à une certaine distance. « C'est curieux qu'en fait il ne me dérange pas. Il devrait pourtant vouloir quelque chose de moi, et même si pour l'instant il ne veut rien, je soupçonne que c'est simplement là une ruse, et ça devrait me mettre en garde. On n'est jamais assez vigilant avec le diable. Je vais m'occuper de lui, mais tout à l'heure, quand je me serai reposé. »

– Tu es encore là? demanda-t-il, lorsqu'il ouvrit de nouveau un œil.

Le diable confirma par un simple signe de tête affirmatif. Il était là, de toute évidence, bien visible, sa présence n'exigeant même pas de confirmation orale. Il était toujours assis de façon réservée, comme dans une salle d'attente, c'est-à-dire comme s'il n'avait pas eu la moindre affaire à régler dans la pièce où il se trouvait, n'ayant même pas pris la peine d'ôter sa casquette rouge d'un grotesque achevé. « Il n'est pas agressif, se dit de nouveau le curé, et s'il mijote quelque chose, on aura toujours bien assez le temps de lui barrer la route. Et puis d'ailleurs... » – et, d'une certaine façon, l'ecclésiastique voulut quand même prévenir certains remords de conscience – « il est ici, d'accord, mais ça veut dire qu'il n'est pas autre part. Il ne me fait pas de mal à moi, ici je l'ai à l'œil, et tant qu'il est ici, il ne peut faire de mal à personne puisqu'il ne peut pas être là où, en ce moment, il n'est pas. En fin de compte, ça vaut mieux que de le chasser, c'est-à-dire de l'envoyer quelque part où il pourrait causer on ne sait quels dégâts. Qu'il reste donc assis tranquillement, parce que s'il y a quelqu'un qui est perdant, c'est bien lui, et lui seul ».

Il se prépara donc à dormir, pour de bon cette fois, et c'est ainsi qu'il passa sa première nuit avec le diable. En effet, quand le curé se réveilla à l'aube, le diable était toujours assis à la table, invariablement coiffé de sa casquette rouge de bouffon. Le diable n'est pas soumis aux lois de la fatigue et n'a pas besoin de repos. Le curé fut étonné qu'en dépit de la présence du diable, il eût dormi comme de coutume, à poings fermés et sans faire de cauchemars.

Lorsqu'il quitta sa demeure pour célébrer la messe du matin, le diable l'accompagna du regard jusqu'à la porte, sans toutefois bouger de sa place. C'est avec le même regard qu'il l'accueillit le soir, quand le curé revint. Il se conduisait comme un chien fidèle, bien dressé, avec cette seule différence en sa faveur, par rapport au chien, qu'il n'avait besoin d'aucune attention ni d'aucun soin. Le prêtre se rappela la résolution qu'il avait prise la veille de chasser le diable, mais il se rappela simultanément les arguments qui avaient fait qu'il ne l'avait pas chassé hier. « Il ne me fait rien, donc je ne lui fais rien non plus. Chez moi, il est inoffensif. S'il faut vraiment qu'il soit là, qu'il soit au moins passif. Mieux vaut le savoir ici, où il ne me nuit pas, que de le voir partir et nuire aux gens. Et puis, qu'il essaie seulement un peu avec moi, il en tâtera, alors, de mes exorcismes! »

Mais le diable n'essayait pas. Il évitait tout ce qui pouvait ressembler de près ou de loin au moindre conflit avec le maître de maison. Tout ce dont il avait besoin, c'était sa place à la table.

Quand on ne l'interrogeait pas, il ne disait rien, or le curé ne lui posait pas de questions. C'était la paix, donnant donnant. Il peut sembler étrange que le curé ne profitât pas de l'occasion pour s'informer sur son adversaire au cours d'une conversation directe et, pour ainsi dire, de salon. S'il ne voulait pas engager la moindre discussion avec lui, n'était-ce pas parce qu'il se souvenait qu'il ne fallait pas discuter avec le diable? Sans aucun doute. Il savait que le diable n'attendait que cela. C'était justement bien la raison pour laquelle il avait voulu le mettre dehors au début, craignant que le diable ne fût venu que pour l'attirer dans une conversation. Et par la suite, il ne lui avait permis de rester que parce que le diable ne disait rien. Il se tenait donc sur ses gardes, évitant de déclencher ce que le diable lui-même ne déclenchait pas. Par ailleurs, le curé n'était plus tout jeune et sa curiosité avait fini par s'émousser. Surtout par rapport à l'effort qu'il aurait dû fournir pour la satisfaire. Effort qu'il n'aurait pas entrepris même si ces impératifs fondamentaux n'étaient pas entrés en jeu. Il revenait le soir, fatigué, il trouvait le diable toujours au même endroit, et tous deux ne s'adressaient pas la parole. Le curé allait se coucher, le diable veillait. C'est ainsi qu'ils s'installèrent dans cette situation.

Un beau jour, l'évêque visita la paroisse. Il trouva une église en excellent état, un curé au rayonnement exemplaire. Ce n'est pas en vain que celui-ci se dépensait de l'aube au couchant, raison pour laquelle, d'ailleurs, il rentrait chez lui si exténué qu'il ne faisait même plus attention au diable.

– Nous visiterions aussi avec plaisir le presbytère, déclara l'évêque pour terminer.

Le curé se rappela quel pensionnaire l'évêque allait trouver chez lui, et il en fut horrifié. Mais il ne pouvait guère refuser. Convaincu que c'était la fin de tout, certain de l'imminence d'un scandale inéluctable, d'une compromission sans bornes et d'un malheur aux conséquences incalculables, maudissant en pensée le diable et sa propre légèreté – pourquoi ne l'avait-il pas mis à la porte dès le premier jour, pourquoi avait-il tardé, qu'avait-il attendu? –, il ouvrit la porte. Quels ne furent son étonnement et son soulagement quand il s'avéra que l'appartement était vide. Le diable avait disparu. Le prêtre ne put s'empêcher d'éprouver pour lui de la reconnaissance, même s'il se rendait compte que ce sentiment était contre-indiqué, humiliant et indigne au plus haut point. On a beau dire mais, quand il le faut, même le diable sait se comporter avec élégance et en bon copain.

L'évêque fit le tour du propriétaire et était sur le point de féliciter le curé pour son train de vie humble et solitaire lorsqu'il remarqua la casquette rouge de jockey que le diable avait laissée sur la table. Il se tourna vers le prêtre, le regard chargé d'une muette interrogation, car il lui semblait étrange que le vénérable administrateur d'une paroisse portât une coiffure aussi peu sérieuse, qui ridiculisait la fonction ecclésiastique. Étrange et déplacé.

– C'est... c'est mon neveu. Il me rend visite de temps en temps, dit le prêtre, qui mentit.

S'il avait dit que la casquette lui appartenait, cela aussi aurait constitué un mensonge.

L'évêque acquiesça du chef en signe de compréhension et exprima sa satisfaction générale sur tout ce qu'il avait vu. Il prit ensuite congé, non sans avoir répété qu'il était très content. Lorsque le prêtre se retrouva seul dans l'appartement, le diable sortit de l'armoire où il s'était caché. Il s'approcha du curé et un horrible rictus de triomphe lui convulsa la face.

– Mon oncle! dit il dans un cri de joie, et il s'avança, les bras grands ouverts.

Le Petit Chaperon rouge

LE Petit Chaperon rouge marchait à travers la forêt. Il portait un panier rempli de victuailles et il s'ennuyait.

« Le pire, c'est que lorsque j'atteindrai mon but et que je verrai ce loup tout miteux, je devrai faire semblant de n'être au courant de rien. Je lui poserai des questions stupides : " Grand-mère, pourquoi tes oreilles sont-elles si pointues, pourquoi tes dents sont-elles si longues...? " Ensuite, je me ferai manger, jusqu'à cet épilogue crétin où le valeureux garde forestier ouvre les entrailles du loup et nous libère, grand-mère et moi. Et ensuite on remet ça à partir du début. Quel écrivaillon à l'esprit mal tourné a bien pu écrire une fable pareille? »

Le Petit Chaperon rouge donna un coup de pied dans un champignon vénéneux qui se trouvait sur son chemin.

« Ça au moins, se dit-il avec satisfaction en observant le champignon qui avait volé en éclats,... n'était pas prévu dans le programme. » Pourtant de telles petites libertés ne compensent pas le principe du déterminisme.

Mais voici maintenant la maisonnette de grand-mère. Le Petit Chaperon rouge poussa un soupir et frappa à la porte. « Entrez! », entendit-il. Il entra. La soi-disant grand-mère était allongée comme d'habitude dans son lit. Le Petit Chaperon rouge posa son panier chargé de victuailles sur la table et s'assit sur une chaise près du lit.

– Grand-mère, pourquoi tes oreilles sont-elles si pointues? commença-t-il à réciter en pensant à autre chose.

La grand-mère-loup répondit quelque chose, mais le Petit Chaperon rouge n'entendit même pas, car il savait d'avance ce qu'il lui fallait entendre. Il aborda la deuxième question.

– Grand-mère, pourquoi tes dents sont-elles si longues?

– ...bécile, répondit la grand-mère.

– Comment? demanda le Petit Chaperon rouge qui, s'ennuyant tellement et pensant tellement à autre chose, n'avait entendu que le « bécile » final, qui ne cadrait pas avec le texte préétabli. La réponse rituelle aurait dû être : « C'est pour mieux te manger. »

– Je viens de dire : arrête de faire l'imbécile, ma chère enfant. Si tu as encore une fois l'impression que c'est une fable et non pas la réalité, et que je ne suis pas ta grand-mère mais un loup déguisé, tu te trompes. Et maintenant montre-moi ce que tu m'as apporté à manger.

Le Petit Chaperon rouge poussa un soupir bien plus profond que le précédent et baissa la tête. Il venait de comprendre que c'était seulement maintenant qu'il allait s'ennuyer pour de bon.

La Belle au bois dormant

REPOSANT sur sa couche au milieu des fleurs, sous un couvercle de cristal, la Belle au bois dormant dormait.

Elle était belle, bonne et intelligente, mais sa beauté, sa bonté et son intelligence dormaient avec elle. Elle était là mais elle dormait, c'était donc comme si elle n'était pas là. Seule se voyait sa beauté à travers le couvercle transparent, mais non les qualités de son caractère. Depuis des temps immémoriaux elle était plongée dans le sommeil, et les bons petits lutins faisaient cercle autour d'elle, la protégeant contre les brigands et les animaux sauvages. Ils savaient que seul le Prince Charmant voyageur avait le droit de s'approcher d'elle. Mais personne n'était sûr qu'il viendrait, ni non plus qu'il ne viendrait pas.

Quelle ne fut donc pas leur joie quand, par un beau matin de mai, les fidèles petits lutins aperçurent le Prince Charmant, qui, voyageant de-ci, de-là, par un heureux hasard s'était retrouvé dans cette région. « Par ici! Par ici! », se mirent-ils à crier et ils ôtèrent tout de suite le couvercle de cristal. Le Prince Charmant s'approcha. Il regarda et vit combien la Belle au bois dormant était belle. Succombant à un réflexe irrésistible, il se pencha et déposa un baiser sur ses lèvres rose pâle. Ainsi justement qu'il était prescrit.

La Belle ouvre les yeux, se réveille et aperçoit le Prince sur elle penché. Elle lui passe les bras autour du cou, et les petits lutins dansent de joie à l'entour. Heureux également que leur service de garde auprès de la Belle ait pris fin et que, désormais, ils puissent vaquer à leurs propres occupations.

Quand les petits lutins se furent éloignés avec force galipettes, le Prince Charmant était toujours dans les bras de la Belle au bois dormant, et celle-ci continuait de l'enlacer. Le Prince finit par avoir mal dans le dos; aussi, de façon imperceptible, s'abaissa-t-il sur le bord du lit en cristal, mais toujours penché sur la Belle et enlacé : il lui était difficile de changer fondamentalement de position. Au bout d'un certain temps, par conséquent, il demanda :

– Qu'allons-nous faire maintenant?

– Maintenant, nous resterons ainsi pour l'éternité, répondit la Belle.

– Pour l'éternité? demanda le Prince, surpris.

– Bien entendu. N'est-ce point pour cela que tu m'as réveillée en déposant un baiser sur mes lèvres rose pâle?

– Mais ma Belle Princesse, cela ne sera-t-il point ennuyeux?

– Je ne comprends pas ce que tu dis. C'est pourtant là un si grand bonheur!

Le Prince en fut décontenancé et ne discuta plus, car cela eût été de mauvais goût. Jusqu'à ce qu'au bout d'un certain temps, il essaye de nouveau, mais en s'efforçant cette fois de présenter son point de vue subjectif de manière en quelque sorte objective.

– Vois-tu, ma chère Princesse, subjectivement parlant, je suis absolument d'accord avec toi, mais objectivement la chose se présente ainsi : je suis un Prince Charmant voyageur, ainsi programmé, je veux dire : ainsi conçu, que je voyage de par le monde à la recherche de Belles au bois dormant. Dès que j'aperçois la moindre d'entre elles, je m'approche et je dépose un baiser sur ses lèvres rose pâle. La Princesse alors se réveille, mais ce qui se passe ensuite n'est plus de mon ressort. Il serait donc maintenant indiqué que je recommence à zéro en poursuivant ma route.

– Quelles Belles au bois dormant...? Mais enfin, c'est moi qui suis la Belle au bois dormant.

– Mais oui! Bien entendu! Tu es Belle au bois, c'est indéniable, mais tu n'es plus dormante. Tu ne dors plus, alors que d'autres, les malheureuses, demeurent plongées dans un profond sommeil et attendent d'être réveillées.

– Quelles autres? demanda la Princesse sur un tel ton que le Prince préféra ne pas s'étendre sur le sujet.

– Oh, d'autres. Mais ce n'est pas important.

La Belle au bois dormant s'en tint à cette réponse insatisfaisante, car – ainsi qu'il a été dit – elle était intelligente. Elle s'efforça donc uniquement, à son tour, de présenter au Prince Charmant son point de vue subjectif de manière en quelque sorte objective :

– Tu as raison de dire que je suis Belle au bois, mais plus dormante. Mais enfin, c'est justement toi qui m'as tirée de mon sommeil et maintenant je ne pourrai plus me rendormir. Donc si tu décides de partir de ton côté et si je ne te tiens plus dans mes bras, qui faudra-t-il que je sois et que me restera-t-il à faire?

Le Prince Charmant devint inquiet.

– C'est effectivement un problème et j'ai de plus en plus fortement l'impression que cette fable a été écrite de manière désastreuse. L'auteur nous a programmés de telle façon que tout se tient jusqu'à un certain moment, mais ensuite commencent les contradictions. Restons donc dans cette position et peut-être que l'auteur se reprendra, qu'il raturera, ajoutera ou changera quelque chose... Peut-être l'affaire s'éclaircira-t-elle.

Ainsi parla le Prince Charmant, bien qu'il eût de plus en plus mal au dos, mais il comprenait dans quelle situation se trouvait la Princesse et il était entré sincèrement en sympathie avec elle. Ils restèrent donc ainsi, mais ni la Belle au bois dormant, qui n'était pas sûre qu'ils resteraient ainsi pour l'éternité, ni le Prince Charmant, qui n'était pas sûr que ce serait provisoire, n'étaient heureux. Au bout d'un certain temps, le Prince Charmant parla en ces termes :

– Je fumerais bien une cigarette, mais je n'ai plus d'allumettes. Est-ce que tu me permets d'aller en chercher, vite fait?

– Mais est-ce que tu reviendras? demanda la Belle au bois dormant, parce qu'elle était intelligente.

– Bien sûr que je reviendrai. Rien que des allumettes, je fais l'aller-retour. J'ai terriblement envie de fumer.

La Belle au bois dormant se mit à réfléchir. D'un

côté, sa sagesse lui préconisait le scepticisme, d'un autre, sa bonté – et elle était bonne, comme il a déjà été dit – faisait qu'elle avait pitié du Prince Charmant tenaillé par son envie de nicotine. Était-il raisonnablement possible de faire souffrir son bien-aimé? Elle lui dit donc avec tristesse, car la sagesse et la bonté faisaient mauvais ménage :

– Va donc.

Le Prince Charmant partit. Il avait effectivement envie de fumer et il n'avait effectivement plus d'allumettes : en cela il avait dit la vérité. Quant au reste... Il espérait qu'à l'aide de cette vérité partielle, il réussirait à faire taire ses remords de conscience pour l'ensemble de l'affaire. Car tout le reste n'était que mensonge. Le Prince Charmant espérait qu'avec cette partie de la vérité, il rachèterait en son âme et conscience la totalité du mensonge. Son espoir se révéla vain, naturellement, et il ne tarda pas à en avoir la preuve.

En guise de châtiment il fut changé en grenouille, en horrible crapaud. Et il restera dans cet état aussi longtemps que – selon une autre fable – il n'aura pas rencontré une Princesse Charmante qui aura le cœur si généreux que, faisant fi de l'horreur inspirée par le batracien, elle appliquera de ses lèvres rose pâle un baiser sur sa gueule couverte de pustules. Et ce n'est qu'à ce moment-là qu'il redeviendra Prince Charmant.

Le tailleur

Le tailleur inscrivit la dernière mesure dans son carnet, enroula son ruban et demanda :

– Vous souhaitez à un côté ou à deux côtés?

– Vous voulez dire : avec une rangée de boutons ou avec deux?

– Non. Vous souhaitez avoir un habit ordinaire avec du tissu qui a deux côtés, ou bien de l'extra, avec du tissu qui ne comporte qu'un seul côté?

– Comment... comment ça se présente...?

– Il ne se voit que d'un seul côté.

– Et l'autre?

– Il n'y a pas du tout d'autre côté.

Je le regardai attentivement. C'était un tailleur tout ce qu'il y avait de plus ordinaire. Moyen, vivant dans une petite ville, mélancolique introverti, sans aucune perspective dans la vie. Et tout à coup il me sort une chose pareille...

– Celui qui a un seul côté fait moins cher? demandai-je, mais moins pour le prix que pour ne pas trahir mon étonnement.

Le tailleur avait dit cela sur un ton parfaitement sérieux, comme s'il s'agissait d'une chose absolument évidente, qui n'aurait dû me surprendre en rien. Mais peut-être n'était-ce qu'une plaisanterie.

– Non, plus cher naturellement.

– Pourquoi donc? Deux côtés, c'est plus qu'un.

– Oui, mais un, c'est mieux que deux.

– Pourquoi mieux?

– Parce qu'avec un, le doute n'est pas possible. Il n'y en a qu'un, point final. Alors qu'avec deux, on a sans arrêt des problèmes.

– Quels problèmes?

– Ça ne vous est jamais arrivé de mettre quelque chose à l'envers quand vous vous habillez?

– Bien sûr, mais est-ce que c'est un problème...?

– Le problème, c'est que vous vous trouvez alors du côté à l'endroit.

– Il suffit de l'enlever et de le remettre à l'endroit.

– Alors justement. A ce moment-là, vous êtes à l'envers. Vous vous trouvez toujours d'un côté. Quand ce n'est pas l'endroit, c'est l'envers, quand ce n'est pas l'envers, c'est l'endroit. Tandis qu'avec celui à un seul côté, pas de danger.

– Mais à ce moment-là, je suis quand même bien d'un côté de ce seul côté.

– Non, parce que ce seul côté ne possède qu'un côté. L'autre côté n'a pas du tout de côté, donc vous ne pouvez pas vous y trouver.

– Mais dans ce cas, si je me trouve de ce côté qui n'existe pas, où est-ce que je suis donc?

– Nulle part, bien entendu. Mais tout ça se paie.

– Ça fait beaucoup?

Le tailleur jeta un coup d'œil dans son carnet, fit quelques multiplications et additionna les résultats.

– Voilà, dit-il en me tendant son carnet et en

m'indiquant la somme totale avec la pointe de son crayon.

– Jésus Marie! m'écriai-je. Mais qui pourrait s'offrir ça!

– Personne, répondit le tailleur en refermant son carnet. Alors?

– Eh bien, ce sera comme d'habitude.

Le comte

Le comte s'approcha de la fenêtre. C'était un homme d'âge moyen, dont le visage portait des traces de la vie. Il venait de prendre une décision.

« C'en est assez. Je suis épuisé par ma quête de la perfection, qui est incapable de changer quoi que ce soit en quelque chose. La perfection est une idée, or aucune idée ne peut être atteinte, c'est-à-dire s'incarner dans une chose, car elle cesse alors d'être une idée. Entre l'idée et la réalité existe un abîme éternel et infranchissable. C'en est fini. »

Il s'attendait à ce que dans la rue apparût quelqu'un ou quelque chose qui l'occuperait pendant l'instant suivant qui le séparait vraisemblablement, comme la série de tous les instants à venir, de la mort. Il ne possédait pas de méthode d'attente préétablie, aussi improvisait-il.

Il aperçut un élégant équipage qui s'arrêta devant son *hôtel particulier* *. Il pensa avec commisération aux sphères inférieures qui, par suite de leur mauvaise connaissance du français, croient qu'*hôtel particulier* veut dire « hôtel singulier », *Hôtel de ville* * « hôtel situé en ville » et *Hôtel des postes* * « hôtel appartenant à la poste ». Lui, en sa qualité de comte, élevé depuis sa plus tendre enfance par une gouvernante française, se situait bien au-dessus de ces erreurs du commun. Cette sensation de supériorité lui procura une certaine satisfaction lorsqu'il se rendit compte à cet instant précis que la princesse Gisèle descendrait de cet équipage devant son *hôtel particulier.*

A la vue de la princesse Gisèle, le comte avait d'ordinaire des sentiments mélangés. Il appréciait le plaisir des sens qu'il éprouvait par son entremise, or les sensations psychiques qu'elle ressentait, elle, mais que lui ne ressentait pas – ce qu'elle lui reprochait avec véhémence –, étaient pour lui un fardeau. En d'autres termes, l'amour de la princesse Gisèle pour lui n'était pas payé de retour.

Néanmoins, le comte s'écarta de la fenêtre et s'approcha du miroir pour chasser de son esprit certains doutes qui lui soufflaient que peut-être il n'avait pas le charme qui répondait vraiment à l'attente de la princesse dont la venue était imminente. Or, comme il ne savait pas en fait ce qu'elle voyait en lui, une telle confrontation était d'avance vouée à l'échec.

Il attendait donc maintenant avec impatience l'entrée de la princesse Gisèle dans le salon, car elle était toujours aux anges quand elle le voyait.

Il retourna à la fenêtre et ce qu'il vit dépassa son attente. Malheureusement, dans l'autre sens. En effet, la princesse Gisèle se dirigeait bien vers l'*hôtel particulier,* mais vers celui qui se trouvait en face, de l'autre côté de la rue, et qui appartenait au baron.

Le comte ressentit un grand vide.

Il ouvrit une boîte en acajou qui contenait une paire de pistolets incrustés de nacre.

« Tant mieux, dit le comte, dont la voix résonna dans le salon vide. Je meurs, je pars définitivement. Seules, du reste, sont dignes d'attention les choses définitives. »

« Vraiment, Monsieur le comte? » demanda le comte. Car il aimait que l'on s'adressât à lui en le désignant par son titre.

La réponse, toutefois, était courue d'avance.

« J'ai là deux pistolets, or je ne peux tout de même pas me brûler la cervelle avec les deux en même temps. »

Il referma la boîte et se laissa tomber, impuissant, sur le canapé. Il ne se réveilla que lorsqu'il entendit les sons d'un orchestre de Tziganes qu'il avait commandé et fait venir, mais qui lui était complètement, mais alors complètement, sorti de la cervelle.

L'espace d'un instant

Un beau jour, un monsieur déclara à une dame : « Ô, madame! »

La dame le regarda, mais pas directement. Si elle l'avait enveloppé d'un regard direct, le monsieur se serait dit qu'elle l'avait regardé directement et il n'aurait pas manqué d'en tirer certaines conclusions. Lesquelles? Avant tout celle-ci : qu'il avait éveillé son intérêt. A son tour, cela aurait pu le mettre sur la voie d'autres conclusions, ce qui en lui-même n'eût pas été inconvenant, mais la trop grande certitude avec laquelle il se serait acheminé sur la voie de ces autres conclusions n'eût pas été convenable, étant donné que la dame, qui, sur le principe, n'avait rien contre ces conclusions-là, avait des réserves à formuler pour ce qui était de cette certitude. Elle préférait, en effet, être une dame de l'incertitude, qui pouvait éventuellement changer cette dernière en certitude si elle le jugeait nécessaire, plutôt que d'être une dame de la certitude, qui n'aurait pu avoir le moindre pouvoir de contrôle sur cette dernière. D'autre part, elle-même n'était pas encore très sûre.

Ainsi donc, la dame le regarda de telle façon qu'il eût l'impression qu'elle le regardait, mais qu'il n'en fût pas absolument sûr.

Cela ne signifie guère qu'elle ne le considéra pas avec attention. Ce fait pourrait sembler contradictoire en lui-même, mais elle parvenait à envelopper du regard sans pratiquement regarder, tout en voyant parfaitement. Les neurophysiologues, les ophtalmologistes et les opticiens ne sont pas capables d'expliquer ce phénomène. Peut-être parce qu'on ne peut le créer artificiellement dans des conditions de laboratoire.

La dame, donc, regarda et aperçut le monsieur dans ses moindres détails et en même temps de façon synthétique. Elle entretenait, à ce moment-là, et depuis longtemps, des relations intimes avec un autre monsieur, mais cette liaison était compliquée par un rapport existant entre ce monsieur et une amie à elle, amie qui, soupçonnait-elle, s'évertuait à souffler sur les braises de ce rapport. Elle comprenait bien entendu que cette amie, qui n'était pas sûre des sentiments de son propre mari, souhaitait, par ce moyen, les tester et, au besoin, les mettre à l'épreuve. Il lui était pourtant désagréable de se dire qu'elle recourait justement à ce moyen, et non pas à un autre, ou plutôt que ce moyen aurait été éventuellement, voire déjà – *de facto* –, constitué par son ami même.

La dame envisageait certes la possibilité de séduire le mari de cette amie, ce qui eût été une revanche justifiée, ou alors de le faire à tout hasard, par sécurité, mais elle se rendait compte également que c'était là une entreprise risquée. Car si son ami n'était pas encore l'amant de son amie dans les faits, mais seulement de façon potentielle, en séduisant le mari de cette dernière, à coup sûr elle ferait que son ami, d'ami purement virtuel de son amie, deviendrait son amant de fait, car il ne faisait pas l'ombre d'un doute que son amie chercherait à se venger d'elle. C'était donc là un risque qui probablement n'en valait pas la chandelle, surtout pour la raison que le mari de l'amie ne lui plaisait pas trop.

Au vu de cette situation, elle pourrait se servir du monsieur qui venait de s'adresser à elle en ces termes « Ô, madame! », soit pour se venger de l'ami – si celui-ci avait succombé aux avances de son amie à elle, au cas où les sentiments du mari de cette amie se seraient révélés insatisfaisants, de son point de vue à elle, au cours de la période de test préliminaire, et exigeraient une mise à l'épreuve finale, ou, qui plus est, s'ils se trouvaient déjà dans cette phase de mise à l'épreuve –, soit pour étouffer dans l'œuf les projets de son amie vis-à-vis de l'ami en question, et ce en lui démontrant (et si elle avait désormais, en plus de ce premier ami, un second, ce serait là une démonstration irréfutable) qu'elle n'attachait pas à ce premier ami, qui était son ami principal, une importance si fondamentale. C'est que, indépendamment du fait qu'elle subodorait que son amie voulait mettre à l'épreuve les sentiments de son mari en séduisant (éventuellement soit après, soit déjà de fait) son ami principal à elle, elle la soupçonnait également, et en fait avant tout et surtout, pour ne pas dire exclusivement, de méchanceté pure et simple. Favorable, donc, à ce que le « Ô, madame! » par lequel le monsieur inconnu venait de s'adresser à elle entraînât d'autres conséquences, elle se dit que non seulement elle ne risquait rien mais que ses perspectives s'en trouveraient positivement élargies. Sans compter que ce monsieur inconnu (pour l'instant) – et elle en était déjà pratiquement sûre – lui plaisait.

« Quelle heure est-il? » demanda le monsieur, qui, après avoir obtenu la réponse, s'éloigna dans une direction inconnue.

Autoportrait

Le comte n'avait pas peur de la mort, mais il avait peur des chaussures non nettoyées, c'est-à-dire, pour être plus précis, des chaussures couvertes de poussière, des chaussures couvertes de boue, ou même de celles sur lesquelles on pouvait remarquer la moindre petite tache, de quelque origine qu'elle fût. De telles chaussures le plongeaient dans des états de frayeur si profonds qu'il pouvait passer de vie à trépas sur-le-champ.

Toute solution de compromis, c'est-à-dire l'enlèvement de la tache coupable de sur la chaussure, ne recueillait son assentiment qu'à la condition expresse qu'elle se réalisât séance tenante. Sa vie, donc, ne tenait en permanence qu'à un fil.

On pourrait supposer que la gamme complète des brosses et boîtes de cirage dont il ne se séparait jamais – sur indications de son médecin – le préservait d'une mort soudaine. Mais raisonner ainsi serait ne pas tenir compte d'un autre trait de caractère du comte, à savoir sa propension à l'ennui. Se pencher, brosser et cirer ses chaussures, puis les brosser à nouveau, tout cela l'ennuyait de manière incommensurable. On pouvait même craindre qu'à tout moment cette aversion pour l'ennui prendrait le dessus sur son aversion pour la saleté et provoquerait indirectement son décès.

On pourrait naturellement se poser la question de savoir pourquoi il ne se faisait pas accompagner par un laquais ou par toute autre personne qui l'eût déchargé de cette activité, soit contre rétribution, soit par dévouement désintéressé. Mais c'est que le comte supportait la présence des gens avec autant de difficultés qu'il supportait l'ennui et avec presque autant de difficultés qu'il supportait les chaussures non nettoyées, ou simplement même non brillantes, qu'il ne supportait pas du tout.

Seul un séjour ininterrompu dans un endroit sec, à l'épreuve de la poussière et doté d'un parquet était en mesure d'atténuer l'aspect draconien de ce dilemme. Mais uniquement jusqu'à un certain point. En effet, la moindre petite déambulation du comte dans un espace aussi restreint et balisé soulevait, puis déposait sur les chaussures des grains de poussière, microscopiques certes, mais qui n'en provoquaient pas moins sur elles une certaine matité. De minuscules particules résultant du frottement du cuir des semelles sur le plancher. Le comte, par conséquent, ne quittait pas son fauteuil installé dans la pièce ci-dessus décrite. Il restait continuellement en position assise, pendant vingt-quatre ou quarante-huit heures. De cette façon, il maintenait ses chaussures – et par voie de conséquence sa vie et sa santé – dans un état de brillance maximale et de complications minimales.

Quel ne fut donc pas mon étonnement lorsqu'un jour je rencontrai le comte dans la rue. Certes, il faisait du soleil, mais les conditions qui prévalaient dans la rue étaient quand même différentes de celles que le comte connaissait chez lui. Pourquoi donc se promenait-il le long d'une avenue par ce bel après-midi de juillet?

– Oh, vous savez, dit-il en réponse à la question que je lui posai, j'aime parfois vivre dangereusement.

Conférence

BIENVENUE à toutes les personnes ici rassemblées. Je vois que le thème de ma conférence intitulée : « Problèmes sexuels. Réservé aux hommes. Entrée strictement interdite aux personnes de sexe féminin » a soulevé un immense intérêt. Comme dans de nombreuses autres villes et banlieues où j'ai eu l'honneur de me produire. Le grand succès de mes conférences me renforce dans ma conviction que la mission à laquelle j'ai été destiné, à savoir apporter soulagement et conseils, apporter, si je peux m'exprimer ainsi, la bonne nouvelle à ceux, parmi nous, dont la vie intime est perturbée par les problèmes évoqués dans le titre de ma conférence, ma mission donc est une mission capitale, primordiale et nécessaire à tous points de vue. Par suite de quoi je vous demande de garder un maximum de silence pour que les messieurs qui ne disposent plus que de places debout au fond de la salle, et plus encore ceux qui sont debout dans le couloir, puissent m'entendre.

Pour commencer, il conviendrait de préciser un peu plus les problèmes que je vais aborder. Des raisons de délicatesse ont fait que les affiches qui ont été placardées en ville, de même que les annonces dans la presse locale, ont dû se limiter à un libellé très général du thème abordé. Je vois pourtant que même une annonce rédigée de façon aussi générale et... dirais-je, euphémique, c'est-à-dire biaisée, a été exactement comprise, ce qui fait honneur à l'intelligence des personnes ici rassemblées. *(Applaudissements.)*

Oui, je vois cela à l'expression particulière d'abattement et de sentiment de culpabilité que vous avez apportée ici sur vos visages. Et aussi à l'expression de désir insatisfait, à laquelle la science donne le nom de frustration. Ce qui signifie que j'ai justement devant moi des personnes qui sont concernées par ces problèmes, qui ont deviné elles-mêmes la nature des problèmes particuliers qui seraient abordés et qui, par conséquent, ont fait le déplacement. Oui, messieurs, si vous n'aviez pas établi le lien qui s'imposait entre le thème de ma conférence, même libellé de façon aussi générale sur les affiches, et les phénomènes secrets qui vous torturent, vous ne seriez pas ici. Il est donc superflu que je clarifie ce qui pour vous est déjà clair. Bon nombre d'entre vous, pour ne pas dire tous, ajouteraient bien volontiers : « Ah, trop clair, trop clair malheureusement! » Ce qui ne veut pas dire que lorsque viendra le moment où il faudra appeler les choses par leur nom, nous ne le ferons pas.

Messieurs, vous êtes ici entre vous, aussi parlerons-nous en toute franchise, sans fausse honte et sans chichis superflus. Souvenez-vous que vous êtes unis dans un destin commun, que dans ce destin vous êtes frères et que la fraternité ne crée pas de honte chez un frère à l'égard de son frère. Je propose que pendant une minute nous nous regardions mutuellement dans les yeux pour créer une atmosphère de confiance mutuelle entre tous les hommes dans la salle et préparer l'ambiance qui nous permettra de continuer. *(Minute de silence.)* Ça y est? Très bien. Passons maintenant à la suite du programme.

J'ai pour habitude de diviser mes patients – c'est ainsi qu'il convient de vous appeler; en effet vous êtes bien plus que mes auditeurs : vous êtes venus ici dans un but thérapeutique, c'est-à-dire de guérison, et le prix du billet d'entrée à ma conférence équivaut à un honoraire de séance chez un psychiatre, la différence étant simplement que vous avez payé d'avance –, je divise donc mes patients, disais-je, en deux groupes fondamentaux. Le premier groupe comprendra ceux qui se plaignent, même s'ils le font en secret et en leur for intérieur, car une telle plainte ne s'exprime pas même devant un ami intime, de leur manque de succès auprès des femmes, et qui avouent davantage encore en secret que les femmes ne s'intéressent pas à eux, et avec raison, car ils ne peuvent pas, physiologiquement et fonctionnellement parlant, satisfaire de manière suffisante cet intérêt, même quand – surtout quand – il se présente. Le second groupe se compose de ceux qui se plaignent pour les mêmes raisons, mais de manière plus accentuée. C'est-à-dire de ceux qui ne sont pas du tout en état de satisfaire l'éventuel intérêt manifesté par une femme, bien qu'ils le voudraient beaucoup. Enfin, pour appréhender le tout, il nous faut créer un sous-groupe. Nous y rangerons ceux d'entre vous qui, contrairement aux deux catégories précédemment mentionnées, ne ressentent pas d'une façon ou d'une autre un intérêt pour les femmes, ou qui le ressentent de façon insuffisante, mais qui aimeraient bien le ressentir pleinement.

En marge de tout cela, je dirai, même si cela ne vous consolera point, que le manque de succès auprès des femmes n'est pas nécessairement provoqué par les causes qui vous tourmentent. Et en disant cela, je pense avant tout aux deux groupes fondamentaux, pas nécessairement au sous-groupe. Nombreux également sont ceux qui, bien qu'ayant quelque chose à offrir aussi bien morphologiquement que fonctionnellement, ne rencontrent pas l'adhésion des femmes. Par contre, il est des cas connus où des messieurs, pourtant peu favorisés par la nature, pour qui la chose ne vient pas facilement à tous les coups, jouissent de la faveur des dames. Vous me direz : oui, d'accord, mais ce sera sans doute une autre paire de manches quand ils devront passer à l'action. Vous avez raison, mais seulement jusqu'à un certain point. Le plus curieux, en effet, c'est que dans certains cas, très rares il est vrai, même le constat d'insuffisance, disons oculaire, bien que ce terme n'épuise pas l'épreuve dans sa totalité, ou même la non-satisfaction de l'attente ne provoquent pas chez la dame un phénomène de rejet ou de basculement dans l'hostilité vis-à-vis d'un individu donné. Certes, on ne peut plus parler ensuite de véritable fascination, pourtant les dames n'en continuent pas moins d'accorder à cet individu un certain capital de sympathie, ce qui, sans nul doute, étonnera beaucoup toutes les personnes ici rassemblées. Je dis « toutes », car je ne crois pas – eu égard à la rareté statistique d'un tel phénomène – qu'une personne qui serait concernée par ce phénomène puisse se trouver dans la salle. Et même si quelqu'un de tel se trouve parmi nous, il est également étonné, avec cette différence toutefois que ce n'est pas d'aujourd'hui.

Car pourquoi cela se passe-t-il ainsi, pourquoi en est-il ainsi? Cela, lui non plus ne le sait pas, tout comme nous tous. Et tout comme le reste des messieurs ici rassemblés, lui aussi souhaiterait ardemment être guéri de ses faiblesses et devenir un vrai homme à femmes. Il partage donc votre sort, et il a bien fait, dans son propre intérêt, de venir ici, s'il est effectivement venu et se trouve parmi nous.

C'est que l'un des points forts de ma méthode est constitué par son caractère universel. Elle s'adapte à vous tous qui, bien que répartis en groupes et sous-groupes, pouvez vous ranger sous une définition générale : des messieurs désirant des dames, mais dont le désir, par suite de divers dysfonctionnements et perturbations, reste inassouvi ou partiellement inassouvi. Des messieurs dont l'idéal est constitué par un personnage d'homme attirant pour les femmes, recherché par les femmes, quelqu'un qui, à l'heure de l'épreuve, non seulement ne déçoit pas les femmes, ne trompe pas leurs espérances mais va même bien au-delà. Il ouvre devant elles des perspectives qu'elles ne soupçonnaient même pas, qu'elles n'arrivaient même pas à imaginer, éveillant en elles par là même un enthousiasme pour leur propre personne qui ne se démentira plus et des attaches qui dureront. Car le besoin de renouveler les sensations auxquelles elles ont goûté devient chez elles impérieux, la répétition ne faisant, de son côté, que les accentuer, ce qui, à son tour, renforce le besoin de la répétition. Il s'agit donc ici d'un idéal d'homme qui, d'abord, plaît, puis devient objet d'amour, de désir éternel et de nostalgie, même si ce désir ne peut s'assouvir en raison d'une séparation dans le temps et dans l'espace. Un idéal d'homme qui éveille pour toujours la femme en chaque femme, sans restrictions et avec ensuite cette aspiration éternelle à continuer cette féminité et à l'épanouir à l'infini. Et comme il lui semble, à cette femme – dans la mesure où elle n'arrivera pas plus tard à la conclusion que ce n'était qu'une apparence –, que tout cela n'a été possible que grâce à ce seul et unique homme, il convient de comparer ce que pense cette femme avec la pensée qui trotte dans la tête d'au moins une des deux lignes droites dont les manuels de géométrie disent : « Deux lignes droites parallèles se rencontrent dans l'infini. » En effet, au moins l'une d'entre elles, sinon les deux, se dit : « Eh bien, si c'est comme ça, essayons de nous rencontrer dans l'infini. »

Ma méthode, que nous aurons beau jeu ensuite de développer dans tous les sens, repose sur une seule et courte question :

Messieurs, à quoi bon tout cela?

Oui. Au lieu de vous guérir laborieusement de vos

petites misères, au lieu de vous prescrire un traitement long, pénible et coûteux, dont les résultats, du reste, seront toujours douteux, je vous propose de sauter l'étape qui vous est habituellement proposée par les autres psychothérapeutes, de laisser de côté le problème et de l'envisager sous l'angle opposé. Pour employer une métaphore, je dirai qu'au lieu d'envoyer à l'assaut d'une barricade une armée démoralisée, mal équipée et non préparée au combat, je propose que nous regardions justement cette barricade du côté opposé, oui, comme si nous étions déjà de l'autre côté. Je vous propose d'envisager la situation à partir d'un point de vue que vous ne connaissez pas, qui vous est inaccessible, mais que vous convoitez avec tant de force. Regardons ensemble ce que l'on peut voir de ce point de vue, et lorsque nous aurons vu, nous réfléchirons. Et tirerons les conséquences qui s'imposent.

Car l'imagination, qui, chez vous, fait office d'expérience, n'a rien de commun avec l'expérience, or seule l'expérience nous rapproche de la réalité. Et que vous dicte précisément votre imagination? Elle offre à votre regard le tableau d'un bonheur idyllique, dans lequel chacun de vous occupe une place centrale de héros, de demi-dieu doté d'une musculature magnifique jusque dans les moindres détails, allongé dans une prairie au milieu de fleurs et de nymphes. J'attire votre attention, messieurs, sur le fait que les nymphes jouent ici évidemment le rôle le plus important; elles entourent le héros en un cercle magique et le regardent avec adoration et humilité. Notez bien, messieurs, avec humilité, car c'est ainsi que vous l'imaginez, avec humilité, c'est-à-dire avant tout avec une obéissance aveugle; prêtes à se soumettre à lui et à se donner à lui au moindre petit signe, et, également au moindre petit signe, à s'éloigner à une distance respectable et à attendre – éternellement, si telle est la volonté du héros –, puis, à se rapprocher à nouveau au moindre petit signe d'un autre genre. Imaginez, messieurs, que l'on vous remette une corbeille magique, ou, pour rester dans la convention de l'Antiquité, un vase précieux rempli des fruits les plus divers. Vous êtes assis dans l'ombre d'un cyprès, insectes et papillons volettent autour de vous, le vase est à vos pieds et vous vous demandez : qu'est-ce que je pourrais bien cueillir maintenant? Une figue juteuse? Une petite pomme? Un melon, une mangue exotique, une orange, ou bien peut-être tout de suite une pleine poignée de raisins secs, pour changer? Ha, ha, messieurs, l'amertume et les sanglots me montent à la gorge lorsque, l'espace d'un instant – ne serait-ce qu'à des fins d'observation –, je partage avec vous ce rêve que vous prenez pour la réalité.

Car il est de mon devoir de vous brosser un autre tableau. Ce n'est pas un cercle magique de nymphes dans une attitude d'humilité qui vous entoure, ce n'est pas un vase débordant de fruits qui est devant vous, ce n'est pas un paysage idyllique, ensoleillé, couvert de verdure et parcouru d'une légère brise que nous avons en arrière-plan. Ce n'est pas non plus un héros souriant et serein, à demi allongé dans une attitude de repos, en bonne santé et heureux, que nous trouvons au milieu de tout cela. Au milieu, il l'est, certes, mais combien il est différent; entouré, certes, mais pas de cette façon, et par quelqu'un d'autre : pas par des nymphes pleines d'humilité. De quelle façon et par qui, nous verrons cela plus tard. Qu'il me suffise pour l'instant d'affirmer que nous ne voyons pas un héros mais un être humain, un être tout simple, et complètement épuisé. Regardez son visage. Ses yeux ne reflètent pas la joie de vivre; au contraire, éteints, ils regardent avec abattement et il n'y a pas en eux l'euphorie de la victoire : seulement la volonté désespérée de survivre. Ce ne sont pas les yeux d'un pastoureau bucolique mais ceux d'un guerrier; ils vous regardent de dessous un casque cabossé par les coups et les chutes, et sur ses joues : poussière, sueur et sang. Ce sont les yeux d'un gladiateur condamné d'avance à périr, quelles que soient les victoires qu'il pourra remporter. Il sait que son seul atout ne peut être constitué que par un songe de courte durée, un instant de répit toujours trop bref entre deux combats, et même cela ne lui est octroyé que trop rarement, car il doit – presque toujours – livrer tous ses combats en même temps. Pour ce qui est du paysage, il est sauvage et lugubre, avec des sommets déchiquetés et des précipices traîtres; il s'y déchaîne constamment un orage avec foudre, tempête et grêle, qui, seulement de loin en loin, fait place à une brume épaisse qui recouvre tout. Oui, messieurs, voilà ce que vous désirez ardemment.

Je suis tout à fait conscient que, jusqu'à présent, je ne vous ai pas du tout convaincus. Vous ne me croyez pas encore, et vous avez raison. Ce n'était qu'une entrée en matière poétique, une métaphore fleurie, de la pure rhétorique et non pas le moindre argument convaincant. Laissons donc de côté la poétisation et venons-en à l'analyse scientiste.

Bon, alors, ces nymphes... Remarquez, messieurs, que j'emploie le pluriel, de la même façon que vous pensez à elles au pluriel. Il ne viendrait, en effet, à l'esprit de personne d'entre vous, lorsque vous rêvez de votre puissance de séduction, d'imaginer que cette puissance pût être déposée aux pieds d'une seule et unique nymphe élue, à l'exclusion de toutes les autres, qu'elles fussent ou non belles et attirantes. Non, si vous désirez le pouvoir, c'est sur elles toutes, je répète, sur elles toutes, même sur celles qui ne sont ni belles ni attirantes. C'est uniquement dans une foule aussi illimitée que vous voudriez choisir à l'envi, selon vos goûts et vos inclinations; seulement, combien d'entre elles pourrait-il y avoir? Vous ne voulez pas répondre à cette question, vous ne voulez pas même l'entendre, car la simple pensée d'une quelconque limitation, et le moindre nombre, fût-il des plus grands, serait en lui-même une limitation, vous est odieuse. Le pouvoir est à ce point associé avec l'absence de limitations que lorsque vous pensez au pouvoir, l'absence de limitations est immédiatement sous-entendue dans cette pensée, *implicite* et *per se*. Donc, même si vous ne pensez pas spécialement à l'absence de limitations, vous n'ajoutez pas à vos rêves de pouvoir indépendant et spécial cette clause complémentaire : « Le pouvoir, oui, mais un pouvoir illimité. » Le caractère illimité du pouvoir va de soi, il en est même la condition.

Pour en revenir à notre petit tableau, nous voyons donc non pas une seule nymphe, mais de nombreuses, et nous n'allons pas vous gâcher le plaisir de ce spectacle par un excès de précision, c'est-à-dire en essayant de déterminer de façon mesquine combien de nymphes il y a vraiment. Nous pouvons nous le permettre, car c'est là un tableau mental, c'est-à-dire tiré de l'imagination, et non pas peint de façon matérielle sur une surface matérielle, c'est-à-dire délimitée par un cadre, sur laquelle ne pourraient figurer que tant et tant de personnages. Voilà, je vous en prie, tout est à vous, je ne veux rien vous interdire. D'autant plus que le nombre de nymphes n'aura aucune incidence sur la suite de mes propos. Seul est important ce qui, par ailleurs, est sûr : le fait qu'il n'y ait pas une seule nymphe mais plusieurs.

Et là, messieurs, nous trébuchons sur la pierre angulaire du problème. Car le nombre de ces nymphes et de ces naïades qui vous entourent et peuplent vos rêves a beau être illimité, vous pouvez toujours et devez n'avoir affaire qu'à une seule d'entre elles. Que ce soit par rotation, successivement, au petit bonheur la chance, avec la première venue ou la cinquantième à partir de la fin (mais de quelle fin? Car, comme nous l'avons posé en préambule, il n'y a pas de fin) : encore et toujours, une seule et unique créature. Ne vous laissez pas induire en erreur par les activités de groupe, qui ne font que dissimuler le problème mais ne peuvent pas l'éliminer. Une seule, en contradiction avec plusieurs.

Mais je vois que vous ne saisissez pas encore l'aspect inquiétant du dilemme. Ni même le dilemme proprement dit. Où est en fait le dilemme? demandez-vous. S'il n'y en a qu'une, eh bien, tant mieux, du moment qu'elles sont nombreuses et qu'on peut choisir. Et c'est même là qu'est tout le charme : qu'il n'y en ait qu'une, mais en une quantité infinie de variations; en d'autres termes, une seule mais qui n'est pas vraiment seule. L'unicité dans la multiplicité et la multiplicité dans l'unicité, ce qui est même encore mieux. De quoi parle-t-il en fait, et pourquoi veut-il nous faire peur?

Parce que, messieurs, ce ne sont pas des nymphes qui vous entourent, mais des femmes. Vos nymphes, et plus encore vos pommes, vos oranges et vos figues ne sont que les fruits de votre imagination, lesquels n'ont rien de commun avec la réalité, c'est-à-dire avec les femmes. Alors que pour être un homme, il n'y a pas d'autre voie, d'autre moyen, d'autre solution que d'avoir affaire à des femmes.

Si je ne perçois pas encore des signes de panique dans la salle, je l'attribue exclusivement à la lenteur avec laquelle cette nouvelle se fraie un chemin vers vos esprits noyés dans les vapeurs de vos fantaisies, de vos illusions fantasques. Il se peut aussi que ce soit votre instinct de conservation qui vous préserve de cette vérité dure et impitoyable, qui vous empêche d'en prendre conscience dans toute sa plénitude, dans toute sa sévérité et avec toutes les conséquences qui en découlent. De même, vous êtes trop liés au monde des illusions que vous vous êtes créées depuis l'enfance dans le silence et la sécurité de vos pratiques – *excusez le mot* * – d'onanisme pour rejeter ce monde de sécurité, comme cela, arbitrairement, c'est-à-dire comme bon vous semble, sans tenir compte de la réalité, sans même la remarquer. Déjà en lui-même, le fait qu'en dehors de vous, candidats au statut d'hommes, des femmes existent au monde, je répète, des femmes et non pas des produits de votre imagination, constitue pour beaucoup d'entre vous une découverte sensationnelle; que dire alors de la nécessité inéluctable d'avoir affaire à elles si l'on veut être un homme? Oui, cela vous dépasse et vous paralyse. Il faut pourtant que vous regardiez la vérité en face. Les femmes constituent un fait, elles existent, et vous ne serez jamais des hommes si, non seulement vous refusez de reconnaître ce fait, mais aussi et surtout si vous n'avez pas affaire à elles. Aux femmes, et non pas à vos nymphes, ces créatures illusoires qui n'existent que dans vos cerveaux hermétiques et intoxiqués, et nulle part ailleurs.

Mais qu'est-ce que vous croyez donc, espèces de veaux? Vous avez l'impression qu'elles – c'est-à-dire les femmes et non pas vos nymphes – sont là, tranquillement assises, à attendre simplement que l'un d'entre vous les appelle? Ou peut-être encore que chacune d'entre elles arrange la couronne qui est sur la tête de sa compagne et plante des fleurs dans ses cheveux pour que l'autre puisse plaire davantage encore qu'elle-même au monsieur? Que chacune d'entre elles pense uniquement à la meilleure façon de lui rendre la vie agréable, que si ce n'est pas elle, ce sera la suivante, la troisième, la dixième qui s'occuperont de lui et qu'elle est heureuse à cette pensée, qui constitue pour elle, en elle-même, la plus haute récompense? C'est ce que vous imaginez, hein? Et puis quoi encore, bande de crétins?

Excusez-moi, je me suis emporté. Ce sont les nerfs. J'ai les nerfs tendus. Vous voudrez bien m'excuser, messieurs. Cela ira mieux dans un instant et je reprendrai le fil de ma conférence comme il convient, à tête reposée, objectivement et scientifiquement.

Nous avons évoqué l'aspect effrayant de notre dilemme : l'unicité opposée à la multiplicité. Ah, si cet aspect effrayant ne portait que sur une abstraction, et si notre dilemme n'était qu'un simple casse-tête de logique! Avec une abstraction, on arrive toujours à s'en tirer; avec les femmes, non, dès qu'il s'agit pour elles d'un homme. Pour vous, le dilemme : unicité contre multiplicité n'est pas un dilemme vital. Vous pouvez, au pire, le résoudre si vous êtes philosophes, dans le calme de vos bibliothèques, assis à votre bureau, au milieu de vos instruments de travail. Mais pour elles, les femmes, ce dilemme est une question de vie ou de mort. Il faut donc qu'il en soit de même pour l'homme, c'est-à-dire pour celui qui a quelque chose à voir avec les femmes. Il ne peut pas éviter ce dilemme, et ce non pas en termes philosophiques, en termes de logique et d'abstraction, mais dans sa vie même.

Car voilà le paradoxe : on a affirmé scientifiquement que la femme n'éprouve pas de penchant pour un homme qui ne lui plaît pas et qu'inversement, elle éprouve un penchant pour un homme qui lui plaît, et que plus il lui plaît, plus le penchant qu'elle éprouve pour lui est grand. Or, on a affirmé simultanément que celui qui plaît à une femme, celui qui lui plaît le plus d'entre tous les hommes, plaît par là même non seulement à cette femme, mais aussi aux autres femmes. C'est cela toutefois qui suscite justement en elle, c'est-à-dire en chacune d'elles, autrement dit chez toutes prises ensemble et chacune séparément, une protestation des plus virulentes, des plus dramatiques et des plus lourdes de conséquences. Si on lui dit : vas-y et prends cet individu dont les autres ne veulent pas et garde-le pour toi comme propriété unique et exclusive, elle répond « non ». Et si on lui dit : accepte donc le fait que celui qui, pour toi, vaut plus que tout, ait également autant de valeur pour les autres, elle répond « non » également. Si ce n'est pas là un dilemme, je veux bien être pendu.

Vous ne pouvez échapper à ce dilemme que dans le monde de vos fantasmagories, et non pas dans la réalité, c'est-à-dire pas quand vous êtes cet élu heureux-malheureux. En effet, vous devez alors faire face à toutes les conséquences de ce dilemme, et c'est pour cela que vous comprendrez mieux maintenant pourquoi le premier plan de notre tableau métaphorique est occupé non pas par un héros plongé dans un abîme de sérénité perpétuelle mais par un guerrier harassé. Harassé, mais pas ainsi qu'il vous semble, ainsi que vous le concevez dans votre imagination frustrée, ainsi que vous le dépeignez dans vos anecdotes plates et vulgaires, ricanant et pouffant de façon malsaine dans un cercle de personnes qui sont affligées des mêmes tares que vous. Non, ce n'est pas de cela qu'il s'agit, ôtez donc de votre visage ce sourire niais et entendu, car vraiment vous ne comprenez rien. Toutes ces luttes et difficultés, toutes ces contraintes et douleurs sont de nature psychique et, à plus long terme, organisationnelle, pratique et, dirais-je même, d'une nature bureaucratique humiliante.

Un tigre ivre et paranoïaque en état de delirium tremens est moins terrible qu'une femme blessée dans sa féminité. Et qu'est-ce qui la blesse le plus, bien que non exclusivement? La jalousie envers une autre femme, surtout une jalousie justifiée. Et qu'est-ce qui est plus terrible encore qu'une femme blessée? Deux, trois femmes blessées et... mon Dieu, mon Dieu... plusieurs femmes qui aiment un homme et qui sont jalouses, l'une de l'autre, chacune de toutes les autres, toutes de chacune, chacune étant jalouse isolément et toutes ensemble, en même temps et simultanément, du même homme.

En vérité, je vous le dis, un chameau passera plus aisément dans le chas d'une aiguille, un oiseau vivra plus facilement dans l'eau et un poisson dans l'air que cet homme ne vivra en état d'impunité. En état d'impunité? C'est peu dire, c'est bien peu dire. Notez ce qui a été dit plus haut sur les tigres ivres et fous furieux et leur douceur par comparaison avec les femmes jalouses. Or, vous, vous voudriez revendiquer une place au milieu d'elles, entourés par elles? Est-ce bien cette situation qui constitue l'idéal dont vous rêvez?

En plus, cet homme infortuné ne peut même pas avoir la consolation, la maigre satisfaction d'en vouloir aux femmes jalouses et de leur reprocher leur jalousie, de se révolter contre ses conséquences et de se considérer comme victime d'une injustice. Il sait qu'elles ont raison et qu'elles sont dans leur droit le plus sacré. Car si chacune d'elles se considère comme unique et rappelle son caractère unique, elle a raison et c'est une raison des plus sacrées et des plus justifiées. Car, enfin, elle est vraiment unique et c'est là que réside justement le mérite de l'homme que de remarquer ce caractère unique, absolument exceptionnel, irremplaçable, et de savoir lui faire honneur. Tout serait donc pour le mieux s'il n'y avait ce phénomène qui dépasse de si loin notre raison, qui inflige de tels camouflets à la logique que l'on peut lui donner le nom de machination diabolique ou de décret divin, ou alors, sans se référer à des forces surnaturelles, le traiter comme une énigme mathématique. Et ce phénomène se présente ainsi : pourquoi l'unicité est-elle en même temps multiplicité, pourquoi l'irremplaçable peut-il se remplacer et pourquoi l'exceptionnel n'est-il pas exceptionnel?

La vie d'un homme qui est impliqué dans une telle énigme a beau être dure, il ne peut pas oublier que la vie des femmes est plus dure encore. En effet, alors que l'homme est seulement impliqué, c'est-à-dire qu'il marque quand même sa position en ne s'identifiant pas avec elle, en restant en quelque sorte à l'extérieur, les femmes portent cette énigme en elles, elles s'identifient pratiquement avec elle. Réfléchissez un instant à la tâche impossible et pourtant inévitable qui est la leur : chaque femme doit nier l'existence de toutes les autres femmes au monde, c'est-à-dire braver l'évidence même; elle doit accepter, voire prouver, qu'en dehors d'elle seule, il n'y a aucune autre femme sur la planète, qu'elle est une femme unique, comme au commencement du monde. C'est un droit qui lui revient, et un devoir auquel elle ne peut échapper, car la création se déroule éternellement depuis le début, et sans cesse nous sommes au commencement de la création. Et si je ne savais pas quel public j'ai devant moi, je vous inviterais, messieurs, à vous lever de vos fauteuils et à rendre hommage à cette mission la plus héroïque et la plus tragique que connaisse l'humanité et qui est le sort de la femme. Je vous inviterais à le faire en baissant la tête et en observant une minute de profond silence, avec admiration, compassion et respect.

Revenons pourtant à votre idéal, qui se présente vraiment d'une tout autre façon que vous ne l'imaginiez. Et à votre héros. Revenons sur la fatigue pratiquement continuelle qui le caractérise, et sur ses causes dont nous avons déjà parlé. Mais nous n'avons pas encore évoqué son angoisse. Peut-on donner le nom de héros à quelqu'un que l'angoisse ne quitte presque jamais, l'angoisse de ne pas être à la hauteur, de ne pas être dans les temps et de ne pas être à flot, l'angoisse de se tromper et de mélanger quelque chose, de ne pas régler un problème, de ne pas concilier et de ne pas réconcilier – une angoisse des plus naturelles si nous considérons combien de choses, trop de choses, il doit régler, arranger et concilier? Son intelligence s'épuise à résoudre en permanence des casse-tête, et sa sensibilité est sollicitée à ce point que parfois elle ne trouve son salut qu'en plongeant dans la plus obtuse des torpeurs. « Il ne peut pas, mais il doit », voilà la devise que l'on peut lire sur son blason. Il doit? « Pourquoi en fait doit-il vraiment? », demanderez-vous, messieurs.

Voici la troisième raison pour laquelle ce n'est pas un héros, même s'il semble être tel à vos yeux. C'est que la liberté constitue l'un des attributs les plus importants d'un héros; or, celui-ci, qui se présente à vous sous les traits d'un héros, que vous considérez comme un héros, est un esclave. Vous pouvez lui envier ce qui fait précisément son esclavage : la coercition, qui lui a été imposée; par quoi ou par qui, c'est là une autre question. Alors vous lui enviez cette coercition, cet esclavage, qui font qu'il ne peut vivre sans femmes, sans féminité, quelles que soient ses révoltes et ses épreuves en vue de sa libération. Qui enviez-vous donc, messieurs? Un galérien? Est-ce donc ce genre de vie qui vous semble alléchant : une vie de condamné? Fatigue, épouvante et privation de liberté, cela vous attire-t-il?

Laissez donc tomber, messieurs. Cessez de considérer vos défauts comme des tares; au contraire, voyez en eux un privilège. Libres et joyeux, vaquez à d'autres occupations, qui finalement ne manquent pas et qui peuvent vous apporter tant de satisfaction, et ce sur un plan spirituel, supérieur à la chose pour laquelle vous vous êtes mis martel en tête. Sublimez-vous. Construisez des systèmes philosophiques et des vaisseaux cosmiques, créez de la littérature et de l'art, faites de la politique. Quittez cette salle guéris, mais guéris de façon plus efficace et durable que simplement débarrassés de petits bobos et symptômes. Guéris, en l'occurrence, de la nostalgie de cette maladie qui a pour nom : NECESSITAS AMANDI FEMINAM.

Ah oui, pour éviter tout malentendu à la sortie : les billets d'entrée ne seront pas remboursés et toute agression contre le conférencier donnera lieu à des poursuites judiciaires. Je vous remercie de votre attention. Au revoir à tous.

Vengeance

LA dame ne remarqua pas tout de suite que le monsieur rapetissait. La chose suivait déjà son cours depuis un certain temps lorsqu'un jour, pendant le petit déjeuner, elle demanda : « Qu'est-ce que tu as? »

Le monsieur haussa les épaules, mais, se rendant compte sur-le-champ que ce geste lui attirerait bien des ennuis, il fit semblant d'avoir des démangeaisons dans le dos, remua les épaules plusieurs fois de suite et commença à se gratter sous l'omoplate droite. Il savait ce qu'il avait précisément sur la conscience, mais la question était suffisamment générale pour qu'elle pût se rapporter à tout en général, c'est-à-dire à rien en particulier.

Il s'en tira donc pour cette fois-ci. La dame n'insista pas, ou alors peut-être dut-il uniquement son salut à un brusque et mystérieux revirement qui se produisit dans le cours des pensées de la dame, un de ceux dont elle était fort coutumière. Elle se mit à parler d'une amie qu'elle connaissait vaguement, d'une promesse que celle-ci n'avait pas tenue, semble-t-il, au sujet d'une certaine affaire, ce qui témoignait – selon la dame – du caractère peu recommandable de cette amie, que lui, soit dit en passant, ne connaissait pas. Avec habileté, il reprit et consolida les critiques de la dame en émaillant de questions et de commentaires les endroits de son monologue qui lui parurent stratégiques. Il avait l'habitude. Grâce à quoi le petit déjeuner se déroula jusqu'au bout autour d'un thème unique, et sans autre incident à déplorer.

Il était pourtant inévitable qu'un jour, de façon distincte, elle soupçonnât quelque chose, et sans qu'existât – pour lui – la moindre possibilité de dérobade devant ce thème épineux. Car l'évolution se poursuivait, et plus elle était longue, plus les résultats devaient être visibles. Il ne se faisait guère d'illusions sur le fait qu'elle ne remarquerait rien. Il ne se faisait guère d'illusions depuis le tout début. Il en avait pris son parti; il savait que la confrontation finale approchait, et s'il la retardait, comme lors de ce petit déjeuner, c'était pour subir le plus tard possible ce dont, de toute façon, il aurait toujours bien assez.

Par ailleurs, comme il fallait de toute manière que l'on en vînt à des questions qui resteraient sans réponse, à des revendications qui ne seraient suivies d'aucune satisfaction, l'objet de ces questions et revendications n'avait tout simplement qu'à mûrir, à attendre de devenir évident.

De même, le fait qu'elle ne se doutait de rien – alors que lui... – lui procurait un secret plaisir.

Son pantalon faillit bien le trahir. Plus précisément, les jambes de son pantalon. Il ne prêta pas attention au fait suivant : à la fin d'une période ensoleillée – pendant laquelle il porta un short, le plus simplement du monde, comme le faisaient tous les estivants –, il y eut une journée nuageuse et fraîche, et il remit machinalement son pantalon. Qui s'avéra trop long, alors que peu de temps auparavant il lui allait comme un gant.

Comme à l'accoutumée, ils allèrent se promener. La dame s'arrêta tout à coup; lui, par conséquent, et naturellement, fit de même. Mais elle lui dit :

– Vas-y, continue, fais quelques pas.

– Mais pourquoi donc? dit-il en protestant, tout en s'efforçant de faire passer dans le ton de sa protestation l'expression de sa répugnance à faire quelques pas seul, au sens propre : quand il n'était accompagné de personne et quand il n'y avait que quelques pas à faire. Ou alors pour manifester son attachement pour elle, les soins dont il l'entourait, pour qu'elle ne se sentît pas délaissée et abandonnée, même pendant un court instant, et même à sa propre demande.

– Marche devant moi, je veux voir quelque chose.

Il savait ce qu'elle voulait voir et son cœur se mit à battre plus fort. Il continua sa marche.

– Arrête!

Il s'arrêta.

– Retourne-toi.

Il se retourna.

– Qu'est-ce qu'il a, ton pantalon?

Il feignit l'étonnement, baissa les yeux. Il vit que les jambes de son pantalon se cassaient et arrivaient presque au bout de ses chaussures.

– Où ça?

– Comment ça « où ça? »? Il est trop long.

– Trop long?

– Bien sûr, trop long. D'au moins six centimètres. Six et demi. Qu'est-ce que tu as fabriqué?

– Moi?

– Il t'allait très bien, enfin, comme un gant.

– Je... je ne sais pas ce qui est arrivé.

– Il faudra le raccourcir.

– Oui, oui, absolument.

Le pantalon fut raccourci le soir même. Après le dîner. « Comment ai-je pu ne pas y penser? », se dit-il avec reproche tout en faisant semblant de lire le journal. A travers la porte grande ouverte, il la voyait dans la chambre à coucher, penchée sur le pantalon, sur son fil et son aiguille. Mais il se rappela que, de toute façon, il n'aurait pas su raccourcir lui-même son pantalon, et que la vérité, tôt ou tard, allait éclater inévitablement. Et même inéluctablement, comme faisant partie de sa vengeance.

Pendant quelques jours, il ne fut question de rien. C'est-à-dire de rien qui eût un rapport avec... Les journées ensoleillées revinrent et, sans éveiller les soupçons, il put ne pas mettre son pantalon, qui continuait à être trop long, de plus en plus long, ce qu'il savait, ce qu'il sentait, bien qu'il eût été raccourci et bien qu'il ne le portât pas. Après le repas, la dame, assise dans un fauteuil profond, déclara :

– Veux-tu avoir la gentillesse de me passer *Meurtre dans le château d'Hedgemoor?*

– Où est-il?

– Sur l'étagère.

Il s'approcha de la bibliothèque et se pencha en avant.

– Pas là. Plus haut.

Il se mit à chercher sur l'étagère qui se trouvait à la hauteur de ses yeux. Pour gagner du temps.

– Encore plus haut. Sur l'étagère la plus haute.

Il savait qu'auparavant il pouvait atteindre sans problème l'étagère la plus haute. Auparavant, et il savait qu'elle aussi le savait.

Il allait devoir se dresser sur la pointe des pieds. Mais même comme cela... impossible de savoir s'il y arriverait. Sans doute que non... Plutôt non... C'était sûr que non. Il n'avait pas encore tendu la main. La dame l'observait avec attention du fond de son fauteuil.

Il se rappela tout à coup que dans le coin, entre l'armoire et la fenêtre, il aurait dû y avoir un petit tabouret. Il se retourna, se dirigea vers le coin... Il y était!

Il prit le tabouret, le posa devant la bibliothèque, monta dessus et prit sans difficulté, sur l'étagère la plus haute, *Meurtre dans le château d'Hedgemoor,* après quoi il descendit et tendit le livre à la dame.

Pour ce soir-là, ce fut tout. De même que pour le lendemain. Jusqu'après le petit déjeuner, tandis que le monsieur, les yeux fermés, se bronzait sur le balcon...

– Lève-toi!

Il entendit une voix dernière lui. Il se retourna. La dame se tenait sur le seuil du balcon, en maillot de bain. Autrefois il regardait son buste d'en haut.

Maintenant, mais peut-être parce qu'il était à demi allongé sur un transat assez bas et qu'elle était debout au-dessus de lui, l'idée le traversa qu'il aurait pu être une cariatide soutenant ces deux demi-sphères lourdes à bout de bras, tous muscles bandés... Autrefois elles ne lui avaient guère semblé ni grandes ni lourdes. Ni trop hautes.

Il se leva. Dans la main gauche, elle tenait une règle en bois, dans la droite un crayon. Elle le fit se tenir droit sur le seuil, contre le chambranle de la porte.

Il n'opposa aucune résistance. Il ne fit même pas semblant d'être surpris, ce qui équivalait pratiquement à avouer sa culpabilité. Il ne dit aucun mot. Il regarda au loin, mais il savait que maintenant il aurait la paix. Aussi longtemps que durerait l'expertise, le rassemblement des preuves, lesquelles preuves, il est vrai, confirmeraient immanquablement sa culpabilité, mais seulement quelques jours plus tard. Entre le soupçon théorique et l'accusation en bonne et due forme : une zone de calme.

Elle posa horizontalement la règle en bois sur le sommet de son crâne et marqua au crayon l'endroit où celle-ci touchait le chambranle. Ensuite, à l'aide de la graduation métrique inscrite sur la règle, elle mesura la distance entre le repère au crayon et le plancher. C'est-à-dire la taille du monsieur. Elle nota le résultat.

Elle fit désormais des relevés quotidiens, toujours après le petit déjeuner. Il repliait sa serviette et, sans mot dire, se dirigeait vers la porte ouverte du balcon et se mettait dans la position adéquate. Sur le blanc du chambranle s'accumulaient les repères noirs. Chaque jour, de plus en plus bas, la plus récente plus bas que la précédente, vers le bas, plus bas, de plus en plus bas. Elle aussi gardait le silence. Tous deux gardaient le silence.

Le septième jour, ou plutôt le septième soir, alors qu'ils venaient de s'allonger côte à côte en silence et d'éteindre la lumière, il entendit près de lui un sanglotement léger.

Il attendit. Il ne manifesta aucun signe de réaction. Mais il savait que les beaux jours, les jours tranquilles, tout cela était terminé.

– Pourquoi tu me fais ça?

Il sortit sa main de dessous l'édredon pour lui toucher les cheveux.

– Mais ce n'est pas de ma faute. Ça se produit comme ça, tout seul.

– Non! Tu me fais ça exprès.

Première satisfaction : il pouvait nier avec innocence, en toute innocence. Il rapetissait, c'est vrai. Mais rapetissait-il exprès? A cela il n'y avait, il ne pouvait y avoir, jamais il n'y aurait la moindre preuve.

– Non. Ça se fait tout seul.

– Qu'est-ce que ça veut dire, « tout seul »?

– Comme ça, tout seul, contre ma volonté. Est-ce que tu crois vraiment que je serais capable de faire une chose pareille?

Il voulait ajouter : « ...si ce n'était pas à cause de toi », mais il se retint au dernier moment.

Elle ne répondit pas, mais il savait ce qu'elle, en

revanche, aurait voulu répondre : « Oui, tu en serais capable. » Selon elle, il était capable de tout. Contre elle.

Elle cessa de le mesurer, car son rapetissement avait été dûment constaté; quant à la poursuite du processus en cours, il n'était plus guère besoin d'instruments pour en prendre acte. Le monsieur continuait à s'amenuiser de jour en jour, de la manière la plus évidente qui fût; de même s'amenuisait l'espoir que cela s'inverserait ou, tout au moins, que cela s'arrêterait. Son espoir à elle que lui s'arrêterait ou que cela s'arrêterait, si, effectivement, il rapetissait contre son gré... Si, effectivement, cela se faisait tout seul, et non pas lui, de son propre chef, exprès, pour l'embêter par tous les moyens possibles... Mais il lui était impossible d'accepter cette dernière hypothèse, car cela eût été en contradiction avec ses principes profondément enracinés, avec ses profondes convictions de vie. Avec sa vision du monde.

C'est alors qu'elle se mit à le menacer. Tout ce qu'il pouvait faire, c'était arborer un sourire pâle et désarmé, les bras ouverts en signe d'impuissance. C'était un petit sourire, car son visage aussi rapetissait, c'était devenu un tout petit minois, mais derrière ce petit sourire se cachait un grand triomphe. C'est tout au moins ce qu'il lui sembla, à elle. Non, il ne lui sembla pas, elle en était sûre, elle savait de façon absolument sûre qu'il triomphait, qu'il souriait de façon triomphale. Car même s'il ne faisait pas exprès de rapetisser, même si c'était quelque chose qui le rapetissait contre son gré, même si ce rapetissement n'était pas le fait de sa méchanceté... mais non, impossible pour elle d'envisager cette version... alors il triomphait... oui, elle en était absolument convaincue, sans l'ombre du moindre doute... il triomphait justement de la même façon qu'il aurait triomphé s'il avait rapetissé en le faisant exprès. Même s'il rapetissait sans le faire exprès, il triomphait en le faisant exprès. Même s'il n'était pas coupable de rapetisser, il était coupable de triompher. Ou plutôt son triomphe, de quelque côté qu'on le prît, prouvait qu'il était coupable. Car il aurait voulu rapetisser, il aurait voulu rapetisser exprès pour l'embêter, même s'il rapetissait sans le faire exprès. Son visage se crispait et continuait à rapetisser proportionnellement à la réduction du reste de son corps et de son organisme; ce visage s'était mis en tête de devenir un petit minois, puis une petite frimousse, mais alors qu'il devenait de plus en plus petit, l'expression de triomphe qui se dessinait sur lui augmentait, prenait des proportions énormes, gigantesques. En conséquence de quoi, également, sa culpabilité prenait des proportions énormes, gigantesques. Puisque augmentait, prenait des proportions énormes, gigantesques, la preuve de sa culpabilité. Son triomphe.

Elle ne put rien faire contre cela. Ô torture! Ô torture croissante! Car comment le punir, comment le freiner? Plus il rapetissait, plus il était coupable et plus il jouissait de son impunité. Alors qu'elle, plus elle grandissait près de lui, plus elle était impuissante. Jusqu'au jour où elle tomba à genoux devant lui et commença à l'implorer.

Il était debout sur le plancher, elle était agenouillée, et il arrivait à peine à la hauteur de son buste; elle dut donc se pencher, mais même comme cela, sa tête ne se retrouva guère en dessous de sa tête à lui, ni même à la même hauteur, aussi cette silhouette agenouillée et implorante avait en elle quelque chose de ridicule; son imploration, si l'on peut dire, fit un four. L'idée lui traversa la tête de s'allonger et de ramper devant lui, mais une géante rampant devant un nain à des fins d'imploration, cela eût été pire et plus grotesque encore. Tandis que lui ouvrait ses petites mains en signe d'impuissance, ses toutes petites mains, ses menottes, ses minuscules menues menottes, d'un geste qui semblait vouloir dire : « Qu'est-ce que tu veux, je suis innocent », mais qui aurait aussi bien pu signifier : « Tu ne peux plus rien me faire. » Et il souriait, il souriait.

Les choses allèrent ensuite de mal en pis, car il rapetissa tant et si bien qu'il se cacha avec facilité (une facilité de plus en plus grande) dans des coins et recoins divers, même si, naturellement, elle ne put pas prouver qu'il se cachait, qu'il disparaissait spécialement à ses regards. Elle passait maintenant des heures de plus en plus longues à le chercher, d'une manière de plus en plus fébrile, qui d'abord frisa la panique, puis qui devint carrément panique. Pour le retrouver tantôt dans un tiroir, dans lequel, expliquait-il, il était tombé par hasard, tantôt sous une armoire ou derrière un radiateur, et même, une fois, au fond d'une bouteille vide.

Il cessa bientôt d'être visible à l'œil nu. Elle continua à le chercher, mais de manière constante maintenant, et armée d'une loupe. Elle réussissait parfois à le retrouver, mais la plupart du temps c'était impossible. Et lorsqu'elle y parvenait, il était sous une forme tellement réduite qu'elle pouvait à peine le reconnaître, c'est-à-dire le différencier des miettes, des poussières et des bestioles qui traînaient. Maintenant son visage était méconnaissable, même vu à travers la loupe; elle avait du mal à dire si c'était bien lui, et l'expression de son visage en devenait d'autant moins visible. Et pourtant elle était torturée par la conviction que ce microvisage souriait.

Le jour vint où il disparut complètement à tous les regards. C'est ce qui pouvait arriver de pire.

Elle cessa de faire le ménage et de passer l'aspirateur, de peur de l'aspirer avec la poussière. Il pouvait se trouver n'importe où. Dans la galaxie des poussières aériennes éclairées par le soleil levant ou couchant, dans la brume infime qui se déposait sur le miroir lorsqu'elle expirait dessus, dans les petits cristaux de sel laissés par une de ses larmes. Il pouvait... mais le territoire des conjectures prenait les dimensions d'un macrocosmos à mesure qu'il s'éloignait, lui, dans son microcosmos. Et une chose était sûre pour elle : qu'il était (mais où?), même si en apparence il n'était pas là.

Même dans les sociétés civilisées, pas mal de temps doit s'écouler avant que la société ne remarque la disparition d'un être humain. Pourtant, tôt ou tard, arrive le moment où la disparition du mari cesse de constituer le secret de la seule épouse, dans la mesure où ce mari, n'importe quel mari, est aussi un être humain, donc un membre de la société, laquelle ne manque pas de se rappeler à son souvenir. Les voisins, l'employeur, et enfin, par la force formelle des choses, la police.

La dame ayant déclaré dans sa déposition que son mari avait disparu par rapetissement progressif, l'explication fut jugée peu satisfaisante et rejetée. Au cours de la longue instruction qui suivit, on ne parvint à rassembler aucune preuve contre elle. On l'interna dans un hôpital psychiatrique.

Cette décision s'avéra juste. Elle cessa de raconter sa folle histoire de mari qui avait rapetissé et rapetissé jusqu'à ce que disparition s'ensuivît. Elle eut un comportement normal. Au bout d'une certaine période d'observation, on jugea qu'elle était guérie; on décida de la libérer et on fixa dans ce but une date de sortie.

La veille de la libération de la dame, un nouveau patient entra à l'asile. C'était un professeur de mathématiques. Pendant trente ans, selon un rythme établi par les emplois du temps scolaires, il avait expliqué avec une fréquence indéfectible à des générations successives d'élèves l'essence de ce qu'il est convenu d'appeler le point mathématique. « Ainsi donc, voyez-vous », avait-il coutume de dire pour toute entrée en matière, « le point mathématique, c'est ce quelque chose qui existe, mais qui est infiniment petit, je veux dire : qui est, mais qui à tout instant est plus petit que lui-même. Vous le voyez, n'est-ce pas? »

La plupart des professeurs de mathématiques parviennent à l'âge de la retraite sans connaître de troubles mentaux. Mais ce qui perdit celui-ci, ce fut cette entrée en matière facultative, adoptée par lui sur un mode individuel (vraisemblablement pour donner de la couleur à ses cours), et qui était, du point de vue du langage mathématique et des notions abstraites, absolument superflue : « Ainsi donc, voyez-vous. » De même que sa conclusion incongrue : « Vous le voyez, n'est-ce pas? »

Dans la salle commune, personne n'avait envie d'écouter un modeste professeur. Napoléon était pris par sa bataille de Waterloo, Néron par l'incendie de Rome, le Christ... par le verbe, chacun vaquant à ses affaires. Seule la dame l'écouta jusqu'au bout, le plus sérieusement du monde et dans un état de concentration extrême. Et lorsqu'il eut bouclé le tout par son célèbre « Vous le voyez, n'est-ce pas? », elle hocha la tête et rétorqua sur un ton de profonde conviction :

– Oui, je le vois. Et je le vois aussi qui sourit.

Sur quoi on prolongea son séjour à l'hôpital, sans fixer cette fois de date de sortie.

Colt Python

À cette heure-ci, nous étions les seuls clients. Le moniteur replia son journal et nous donna les cartouches. Nous tirâmes, vidant chacun un magasin de dix.

– Quel temps il fait, là-haut? demanda-t-il, tandis que nous rechargions.

– Du soleil, mais ça se voile un peu.

– C'est le printemps, expliquai-je de façon plus générale, car j'ai l'esprit synthétique.

Nous retournâmes à nos postes de tir. Nous fîmes un nouveau carton de dix. Le moniteur regardait d'un œil critique.

– Ces « Standard » ne sont pas très précises. Vous prendrez peut-être des spéciales, les « High Velocity »?

– Mettez-nous-en, acquiesça Gerald.

– Vous chassez encore une fois sur la droite, me dit le moniteur qui était assis près du mur, sur un tabouret, et qui de temps en temps jetait un coup d'œil sur ma cible avec un intérêt modéré.

Il avait des yeux étroits et gris, et voyait sans jumelles ce qui se déroulait sur la silhouette blanche et asexuée que je venais de trouer. Je pouvais l'entendre car nous n'avions pas pris de casque. Ce n'était pas indispensable avec une 22 Long Rifle.

Après avoir épuisé notre série, nous allâmes vérifier. Il avait raison. Il n'y avait qu'un seul petit trou noir dans le petit cercle rouge. La silhouette blanche avait un cœur en forme de cercle.

A côté de moi, Gerald étudiait sa victime. Il n'était pas très heureux, même si sa prestation avait été légèrement moins déshonorante que la mienne.

– Les meilleurs au tir, ce sont les femmes, déclara sur un ton détaché le moniteur qui nous attendait aux postes de tir.

– Qu'est-ce que vous racontez là? fit Gerald avec étonnement.

– Mais si, je vous assure. A elles, il suffit de leur montrer quoi et comment, et ça marche tout de suite.

– Vous avez quelque chose de plus gros? demanda Gerald.

– Du « 38 Smith and Wesson ».

– On y va? demanda Gerald en se tournant vers moi.

– Bien sûr.

Nous mîmes nos casques. C'est-à-dire Gerald et moi, car le moniteur n'en avait pas besoin. Ce calibre produit lui aussi un éclair, et en plus il arrache un peu. On sent enfin qu'on a quelque chose entre les mains. Aucune comparaison avec le précédent. Je me sentis mieux, beaucoup mieux. Jusqu'au moment où nous vérifiâmes nos cibles.

Nous fîmes demi-tour. Le moniteur lisait son journal.

– Vous avez dit ça sérieusement? demanda Gerald.

Quand vous parliez des femmes. C'est vraiment la vérité?

– J'en ai été témoin plusieurs fois. C'est un fait reconnu. Il replia son journal. Vous en reprendrez une douzaine?

– On pourrait peut-être changer... Qu'est-ce que vous proposez?

– Un « Colt Python 357 Magnum ».

Oui, c'était bien cela qu'il nous fallait. Je sentis de la chaleur dans mes doigts lorsque je chargeai les gros suppositoires dorés dans le magasin, puis le poids dans la main, devenue soudain comme toute menue...

– Mettez votre gauche plus en dessous, dit le moniteur en me corrigeant. Les jambes un peu plus fléchies, et attention à la respiration. Avec ça, on ne rigole pas.

Éclair, sourde détonation et petite fumée bleuâtre... Une détonation presque de basse, et la bête vivante entre les mains, comme effarouchée à chaque fois, et pourtant si forte. Ne t'inquiète pas, nous sommes forts tous les deux. Car c'est seulement maintenant que je sentais ma puissance, qui allait en augmentant à chaque coup de feu, qui devenait immense. Et il y avait quelque chose de nouveau... je me rendais compte à travers mes narines que c'était une odeur, âcre, sèche, excitante comme de la tequila ou de la vodka au poivre. J'en attrapai chaud.

J'enlevai finalement mon casque. Gerald sortit du poste de tir à côté. Il avait les yeux qui brillaient.

Il se mit à rire et me tapota l'épaule. Je fis de même avec lui, riant moi aussi.

– Allons-y! s'écria-t-il.

– Allons-y! répétai-je après lui.

Nous traversâmes le bunker en longueur, d'un pas triomphal, en direction des cibles.

Et là, nous en perdîmes la voix.

– Il marche pas son pétard, ou quoi? énonça, tout penaud, Gerald en contemplant son carton.

Le mien n'était guère meilleur. Seules quelques balles avaient touché la silhouette, les autres avaient frappé à côté. C'était notre score le plus mauvais jusqu'à présent. Nous fîmes demi-tour en suivant le béton. C'est seulement maintenant que je voyais combien il y avait ici de béton.

– On remet ça? demanda le moniteur.

Gerald et moi, nous nous regardâmes.

– Je crois bien qu'il faut que je parte, fit-il. Et toi?

Je fis semblant de regarder l'heure à ma montre.

– Moi aussi.

Pendant qu'il préparait notre facture, nous gardâmes le silence. Au bout de quelques instants, Gerald :

– Pour en revenir à ces femmes... Comment vous expliqueriez ça? Pourquoi est-ce qu'elles sont aussi douées?

– Parce qu'elles n'attachent pas d'importance au tir. Les hommes prennent ça à cœur, elles non; c'est pourquoi elles arrivent à se concentrer.

– Mais pour quelles raisons? Comment expliquer ça?

– Parce que les hommes veulent être des hommes.

Ils veulent montrer qui ils sont et ils s'excitent, alors que les femmes visent tranquillement.

– Effectivement, reconnut Gerald. Les femmes n'estiment pas important de montrer qu'elles sont des hommes.

Nous remontâmes l'escalier en béton, puis arpentâmes les tapis menant à la caisse. Dans de petites vitrines de verre encadré d'acajou luisaient des rangées entières d'armes à feu. Cette société de tir avait été fondée en 1812. Puis la lumière ensoleillée de la rue.

– Vous vous êtes bien amusés? nous interpella joyeusement la belle jeune fille à qui nous réglâmes à la caisse.

– Du tonnerre, merci, lui répondit Gerald.

Nous vérifiâmes la facture dans la rue. Les munitions les plus chères étaient évidemment celles du « Colt Python 357 Magnum ».

Secret

VERS la fin de l'automne, dans notre petite ville, arriva Diabolo, professeur de tours magiques. Il descendit à l'hôtel « A l'Archange » et loua la salle du théâtre « Le Progrès » pour trois soirées.

Parmi les points les plus intéressants du programme, il y avait la tête que l'on tranche. L'assistante du professeur Diabolo, une jeune et belle femme vêtue d'une robe en velours noir à grand décolleté, était assise sur une chaise. Le professeur était debout près d'elle et tenait dans la main une scie à métaux.

Elle enlevait de son cou long et blanc un collier de perles, qu'elle remettait au professeur; celui-ci lui faisait une révérence et mettait les perles dans la poche supérieure de son habit pareillement noir. Il posait ensuite la scie sur son cou blanc et commençait à scier.

Cette opération une fois terminée, la tête de la femme tombait sur les genoux de celle-ci, la femme la saisissait à deux mains, se levait et faisait une révérence au public, en continuant de tenir sa tête entre ses mains. A côté, le professeur faisait lui aussi sa révérence.

Au milieu des applaudissements, la femme replaçait sa tête sur son cou, et le professeur, avec la même galanterie sophistiquée qu'auparavant, lui rendait les perles. Elle s'en refaisait une parure, puis le professeur, avec une courtoisie infinie, lui prenait la main et tous deux, souriant, se dirigeaient vers la coulisse.

En qualité de collaborateur en herbe de la revue *Le Cercle de famille,* je me rendis à l'hôtel « A l'Archange » en vue d'une interview avec les deux artistes. On m'informa que le professeur était sorti, mais que je trouverais l'assistante dans la salle de restaurant, où elle prenait son petit déjeuner. Il était presque midi, mais les artistes se lèvent tard et prennent leur petit déjeuner en conséquence. Je la vis assise à une petite table près de la fenêtre, seule. La salle était déjà – encore – vide.

Je la priai de m'excuser pour cette visite imprévue en invoquant mes obligations de reporter. Elle ne fit preuve ni d'hostilité ni de bienveillance particulière face à ma présence. Il y avait une tasse de café devant elle, mais les croissants n'avaient pas été touchés.

Avec une discrète curiosité, je regardai son cou, qui n'était pas aussi dégagé que lors des représentations sur scène (elle portait maintenant une simple robe en flanelle légère, à petites fleurs), mais qui l'était quand même suffisamment. Même s'il n'était pas aussi lisse et blanc que pendant la dernière soirée au théâtre, quand je l'avais vu à une certaine distance et à la lumière des projecteurs, c'était toujours le même cou délicat, plein de beauté, et qui, surtout, ne portait pas la trace de la cruelle opération et n'avait pas même la moindre cicatrice ou égratignure.

Je la félicitai pour son succès et lui parlai de l'enthousiasme du public, qui ne s'était pas exprimé seulement par des applaudissements mais aussi par des commentaires personnels que j'avais entendus parmi la foule. Tous les spectateurs avaient été unanimement ravis, mais la majorité d'entre eux considéraient que le mérite en revenait avant tout à l'assistante du professeur et non au professeur lui-même. Car en fin de compte – de l'avis général –, chacun était capable de scier, alors que se faire scier, et de telle façon qu'à chaque fois la tête se remît à pousser avec le corps et ce sans laisser la moindre trace, c'était là du grand art.

– Non, ce n'est pas de l'art du tout, dit-elle en regardant par la fenêtre, où quelques buissons dans la cour perdaient leurs dernières feuilles.

– Comment ça, mais c'est même plus que de l'art, c'est tout simplement un miracle!

– Un miracle? Vous avez dit « un miracle »? Ses yeux gris, qui regardaient au loin, se portèrent sur moi. Bien entendu, c'est un miracle, mais d'un tout autre genre. Ce dont vous parlez n'est pas du tout un miracle.

J'en fus décontenancé.

– Mais enfin, nous sommes tous témoins...

– Tous... oui, vous avez tous bien vu. Et vous pensez que ce que vous voyez est extraordinaire. Alors que...

Elle cessa de me regarder. Elle fixait maintenant le fond de sa tasse.

– Ce dont tout le monde s'étonne tant n'est pas

du tout le plus étonnant. Ce corps tranché qui repousse, cette fusion qui se réeffectue sont difficiles et non naturelles, mais ce n'est pas là la chose la plus difficile ni la plus contraire aux lois de la nature. Mourir et revivre, ressusciter : c'est une peccadille en comparaison de cette autre chose qui est vraiment incompréhensible. Qui est vraiment un miracle.

Elle se tut, et je retins ma respiration, m'attendant à apprendre le secret qui, publié par moi-même dans les pages de la revue *Le Cercle de famille,* ferait de moi un célèbre journaliste et marquerait le début de ma grande carrière. A la fin, n'y tenant plus, je demandai :

– Et qu'est-ce qui est donc vraiment un miracle?

Elle leva les yeux et se mit à nouveau à me regarder, cette fois bien en face, au point que j'en fus gêné.

– Le vrai miracle, c'est, dit-elle lentement et en détachant ses mots, que moi-même, de plein gré, j'accepte une telle souffrance. Remettre ça sans arrêt, depuis des années. A chaque fois, je me jure à moi-même : plus jamais, c'est bien la dernière fois. Je le quitterai, et ce sera ma dernière torture. Je partirai et je ne reviendrai plus jamais. Et pourtant je ne pars pas et j'accepte ce martyre encore et encore. Sur quoi est-ce que je compte? Que la prochaine fois cela ne me fera plus mal? Mais enfin, cela doit faire mal. Je sais que cela doit, et pourtant... Il faut vraiment que je me fasse des illusions pour que, sachant que je me fais des illusions, je n'en continue pas moins de me faire des illusions! Je ne comprends pas cela, je ne saisis pas, je ne veux pas, et pourtant j'accepte cela. Seule, de mon propre gré...

Elle s'interrompit et je vis qu'elle regardait cette fois par-dessus mon épaule.

Je me retournai en suivant son regard. Dans l'embrasure de la porte se tenait le professeur, vêtu d'une élégante pèlerine en laine de chameau et d'un chapeau. De toute évidence, il revenait de la ville.

Je la regardai de nouveau, et me rendant compte que j'avais cessé d'être présent pour elle, je me levai, la saluai et sortis; je croisai le professeur qui, poliment, s'écarta pour me laisser passer.

Je ne publiai rien dans *Le Cercle de famille.* Car en fait, je n'avais rien appris.

Le galion

QUI, lorsqu'il se trouve dans une ville portuaire, ne visite pas le port? Chaque ville portuaire n'existe que parce que sur son rivage accostent et appareillent des navires. Au commencement de chaque ville portuaire, il y eut un bateau, un premier bateau qui trouva commode de jeter l'ancre, ou de lever l'ancre, précisément à cet endroit. Tout le monde a oublié ce bateau, mais la ville continue d'exister.

L'être humain cherche des origines, car il lui semble qu'il comprend quelque chose dès lors qu'il a appréhendé ces origines. Il se dirige donc vers le rivage où tout a commencé. Et là il s'arrête. Il ne peut pas aller plus loin; là où l'ont mené ses pas, la terre ferme se termine. Ce dont il se réjouit quelque peu, car il sait que ce n'est pas de sa faute s'il ne peut pas aller plus loin : il est tout simplement impossible d'aller plus loin. Pour une fois, donc, il y a une chose qu'il n'est pas obligé de faire. Car d'habitude, il doit, même s'il n'en a pas envie ou s'il n'en est pas capable.

Je me retrouvai un jour dans un port, au petit matin et en état d'ivresse.

Mes pas m'avaient conduit jusqu'au dernier morceau de terre ferme, et devant moi s'élevait un bateau. Ses mâts verticaux, ses vergues transversales, ses cordages obliques. Il s'élevait, la proue dirigée vers la terre, haut au-dessus de moi, et il me fallut un certain temps pour remarquer, à travers les vapeurs éthyliques de mon cerveau, que le navire avait un visage de femme.

Plus qu'un visage. Une tête et un buste penchés en avant, buste indubitablement féminin, jaillissant d'une robe de couleur pourpre, les bras nus et les mains jointes comme pour une prière, mais seulement en apparence, car l'ensemble ne dégageait pas une impression religieuse. Ne rappelaient en effet ni les moines ni les couvents ces bras pleins et ce visage féminin, visage d'ailleurs en même temps non féminin, non pas par manque de féminité mais en raison d'une chose que je ne connaissais pas. Donc, je regardai et regardai, avec l'espoir que j'allais apprendre de quelle chose il s'agissait.

Lorsque j'eus dessoûlé, le navire était déjà en pleine mer, et je me trouvais à son bord. A cette époque-là, il n'était pas rare qu'au moment de hisser les voiles et d'appareiller, le capitaine attendît en vain le retour de tout son équipage. C'est pourquoi il accueillait avec d'autant plus de plaisir tous ceux qui voulaient prendre la place des déserteurs. Il était habitué aux ivrognes et ne leur demandait pas leurs raisons. Quant à moi, si je n'avais pas été ivre, je ne serais sûrement pas devenu marin. Mais j'eus été pareillement amoureux.

En effet, ce n'était ni pour le navire ni pour la

mer que je m'étais retrouvé à bord. Si le navire était resté ancré au port, moi aussi je serais resté au port et j'aurais contemplé cette femme aussi longtemps que je n'aurais pas résolu cette énigme. Fût-ce des mois ou des années. Car je ne doutais pas que l'on pût résoudre cette énigme. Par contre, si le bateau avait appareillé et que je fusse resté à terre, je n'aurais jamais appris la solution de cette énigme. C'est pourquoi il me fallait monter à bord et suivre le navire.

Pourtant, je n'avais pas prévu que lorsque commencerait notre voyage commun, lorsque je ne pourrais plus me séparer d'elle ni elle de moi, j'aurais moins de chances qu'auparavant. Et même, en fait, que je n'aurais plus aucune chance.

Car même si elle constituait le navire, elle le précédait quelle que fût la direction qu'il prît. Placée au-dessus et en avant de l'endroit où la proue fendait la surface des océans, elle était pour toujours tournée vers l'espace qui s'ouvrait devant nous et elle ne me faisait jamais face. Je ne pouvais plus désormais contempler son visage. Même si je me glissais aussi loin que je le pouvais sur l'éperon de la proue, au risque de tomber devant la lame verticale qui fendait les flots en dessous, je n'avais devant moi qu'une chevelure sculptée et des bras arrondis. Je pouvais même les toucher, ce qui risquait de me faire perdre définitivement l'équilibre. Mais lui contempler le visage, jamais.

J'enviais les dauphins qui, jaillissant devant la proue du navire, pouvaient l'admirer. J'enviais les mouettes qui, volant là où bon leur semblait, pouvaient la contempler à satiété. Les nuages changeaient, l'horizon se soulevait et retombait, les dauphins surgissaient et disparaissaient, les mouettes passaient. Elle seule restait immobile sur la ligne d'horizon et de nuages. En me tournant le dos.

Et de la même façon qu'auparavant j'avais attendu avec impatience que nous quittions le port, j'attendais désormais avec impatience que nous arrivions à notre prochaine escale. Afin de débarquer et, de nouveau sur la terre ferme, de pouvoir la revoir; car, avec le temps, je ne savais plus si je me souvenais de son visage ou si je me souvenais uniquement de mon désir; pour comprendre ce que je ne comprenais pas lorsque je la contemplais. Donc, ce n'était peut-être plus tant elle-même que je souhaitais voir que me voir moi-même en train de la regarder et vérifier si le commencement de toute cette histoire n'avait pas été qu'un instant fugitif, donc pas du tout un commencement, et que, par conséquent, toute cette histoire non plus n'avait pas existé.

Le voyage dura longtemps. Des vents contraires, des courants et des tempêtes nous retardèrent. La terre ferme finit par apparaître, différente de celle que j'avais quittée, mais terre ferme quand même, donc théoriquement la même. Et un port qui n'était pas celui où avait commencé le voyage, mais un port également, qui n'était donc pas foncièrement différent. Dès qu'on eut jeté les amarres, je me précipitai hors du vaisseau. Elle s'élevait à nouveau, et enfin, devant moi, comme au début, au-dessus de moi et tournée vers moi. Je vis la silhouette, le buste, la tête, mais je ne vis pas le visage. Je plissai les yeux, croyant que l'émotion me troublait la vue. J'ouvris tout grand les yeux mais je ne vis rien d'autre ni rien de plus que ce que je venais d'apercevoir. Tout ce que je vis, c'est que la robe, naguère de couleur pourpre, avait déteint et était devenue pratiquement de la même couleur que les bras et le visage, c'est-à-dire couleur de bois, là où auparavant il y avait eu divers dessins et couleurs, qui s'étaient ensuite effacés sous l'action longue et continue du sel marin, des vents, de la pluie et du soleil. Donc une couleur sans couleur.

Seuls étaient restés le contour et la forme. Donc, peut-être ce qui était le plus important. Je pouvais me souvenir de ce que cette forme avait contenu autrefois, ou tout au moins tenter de m'en souvenir. Je pouvais imaginer quelque chose d'autre, quelque chose de différent de ce qu'il y avait eu. Mais après un tel laps de temps, après un si long voyage, j'étais fatigué; aussi espérais-je que quelque chose me fût donné et que je fusse ainsi exempté de l'obligation de créer ce quelque chose. Ma mémoire avait faibli et mon imagination ne pouvait plus ajouter quoi que ce fût à ce qui avait été. A ce qui était.

J'aurais pu également attendre sur le quai que viennent les artisans avec leurs peintures et qu'ils repeignent ce personnage en bois, un de ceux qui à l'époque décoraient les bateaux à voiles. Mon attente eût, sans aucun doute, été couronnée de succès, car après chaque voyage en mer les vaisseaux sont nettoyés, réparés et repeints, prêts à repartir pour le suivant. J'aurais pu, mais cela n'aurait plus été ni la même chose ni la même façon de voir la chose.

Don Juan

LORSQUE je lui lançai un défi, j'étais jeune. Je me voyais dans le futur de la façon suivante : dans un palais vide, assis à une table débordant de victuailles, j'attendais. Des bougies étaient allumées, et la place qui était en face de moi était pour l'invité de pierre. Et je me voyais ainsi que j'étais alors, bien droit, les yeux brillants, émerveillé par ma propre témérité. Qui allait croissant, jusqu'à satiété, à mesure qu'approchait minuit.

Je n'avais pas prévu que le temps passerait. C'est-à-dire que tout serait comme cela devait être, mais que moi je ne serais plus le même.

C'est la nuit, et dans le palais vide, assis à la table regorgeant de victuailles, j'attends. Et les bougies sont allumées, et en face de moi il y a une place pour l'invité de pierre. Et même si je me tiens bien droit, avec quel plaisir je me pencherais en avant et appuierais mes coudes sur la table! Et la lassitude va croissant à mesure qu'approche minuit.

Mes yeux, oui, voient encore, mais ils ne font plus de reproches aux objets qu'ils voient et ils ne leur refusent plus rien. Abondance de la chère, certes, mais parallèlement aux reflets sur l'argenterie il y a cette petite tache sombre sur la peau de cet abricot, petite encore...

Courants d'air. Est-ce qu'à l'époque je pensais aux courants d'air? Sûrement pas. Les salles sont ouvertes à tous vents, et du jardin parvient la fraîcheur nocturne. Les flammes des bougies vacillent dans les courants d'air, des papillons de nuit tournoient. Mais avant tout, ces picotements dans le crâne. Avais-je autrefois des névralgies? Non.

Jadis je souhaitais avoir peur, car je transformais la peur en témérité. Plus la crainte était grande, plus mes blasphèmes étaient magnifiques, orgueilleux et majestueux. Aujourd'hui, la peur ne m'est plus d'aucune utilité. Ce n'est plus que de la peur, courante et ennuyeuse comme une névralgie.

Tiendrai-je jusqu'au bout? Ne partirai-je pas avant mon heure? Oh, même pas en raison de l'épouvante mais seulement à cause de mes doutes. Car je ne crois plus en tout cela. Autrefois, j'avais besoin du monde et le monde avait besoin de moi. C'est pourquoi je lui lançai un défi. Sans ce besoin mutuel, il n'aurait eu aucun sens; or, maintenant, il n'en a plus. Aujourd'hui, donc, pour qui est ce spectacle? Car il n'est plus pour moi ni pour le monde.

L'idée me traverse de le reporter, de régler cela d'une autre façon avec le Commandeur. Discuter avec lui, d'homme mûr à homme mûr. Expliquer les circonstances, lui faire valoir à quoi ressemble maintenant le début de cette affaire, vu à partir de la fin présente, presque présente. Car comment, sinon? Peut-être que le Commandeur lui non plus n'est plus le même qu'à l'époque, peut-être que lui aussi a changé, donc qu'il comprendra? Mais il est de pierre, et la pierre ne change pas. Lorsque je l'ai tué en duel, il s'est pétrifié en statue tombale et il est resté dans cet état. Il était déjà de pierre quand je l'ai invité à venir dîner avec moi, et ensuite aussi, au cours de toutes ces années pendant lesquelles j'ai vieilli, car je continuais à être vivant, alors que lui, inaltérable, de pierre, devait venir d'un moment à l'autre. Toujours inchangé, *El Convidador de Piedra*. Il ne faut donc pas se faire d'illusions.

J'entends une souris qui grignote. Que vient faire une souris dans ce palais de marbre et sans habitants? Ce qui doit vivre vit, et qu'il lui ait été donné de vivre précisément ici, c'est d'autant plus dommage pour elle. De quoi se nourrit-elle ici? Cela doit être dur pour elle.

Faut-il donc, en fin de compte, que ce soit une souris qui soit témoin de ce spectacle? Un spectacle si précieux, car s'adressant à un si grand public. Je m'apprête à payer de ma vie terrestre et par une condamnation éternelle : voilà le prix. Or, ici, maintenant, il y a cette souris, une simple souris.

Mais pourquoi en fait ne pas retourner vers Doña Anna et lui demander pardon? Car se trompent bien ceux qui estiment que je l'ai abandonnée aussi facilement, comme si je n'avais pas été un être humain. Ce n'est là qu'une partie de ma légende, que – je l'avoue – je n'ai pas cherché à démentir. Il m'eût été beaucoup plus facile de rester auprès d'elle qu'il ne le fut de la quitter. Donc, pourquoi pas? Par ambition, par orgueil, pour une question d'honneur? Par fidélité pour ma propre légende?

Quelle légende? Ne soyons pas ridicules. Pour ce qui est de l'honneur, je sais depuis longtemps que c'est le nom que porte l'orgueil, c'est-à-dire le néant. Du moins dans le cas présent. Mais de quoi ce retour aurait-il l'air? Voilà que se présente sous les murs de son vieux cloître son ancien amant. « Me voici de retour, lui crie-t-il. Viens à moi; ensuite nous exhumerons le cadavre de notre amour. Pardonne-moi de l'avoir tué, nous le mettrons entre nous deux et nous nous blottirons contre lui, car mes genoux sont devenus faibles et mon dos s'est voûté, et j'ai froid. » Est-ce ainsi que je dois lui parler?

Et même si cela se passait autrement? Car les souvenirs sont vivants... Justement : les souvenirs, voilà le cœur du problème. Je pense à elle, telle que je l'ai laissée; elle est présente pour moi comme elle le fut il y a des années, de la même façon. De la même façon : or, cela justement, cette vérité, ne peut être la vérité, car elle n'est plus la même, aujourd'hui Doña Anna ne peut plus être telle qu'elle fut il y a des années. Elle non plus. Elle a été brûlée, consumée par la souffrance. Que voudrais-je donc d'elle, qu'aurais-je le droit de vouloir d'elle?

Mais même si elle m'acceptait, que faire ensuite et comment? Autant demander à une main sectionnée de retrouver un gant jeté à la mer. Autant demander au printemps qu'il vienne après l'été, ou que soit fugace la fugacité.

Et encore, et encore...

Si tout ce qui a été n'a pas été fugace, n'a pas été fugace non plus ce qui a fait que je l'ai abandonnée.

Donc je tiendrai bon, mais sans conviction. Je ferai tant soit peu honneur à ma légende. Mais ma perte, si pleine d'une terreur significative pour mes descendants, sera pour moi une chose vide. J'irai en enfer, épuisé et quelconque, même si je souhaitais qu'il en allât autrement. Je voulais que ce fût donnant donnant, or il s'est avéré que j'ai donné et que je n'ai rien reçu. Et moi-même je suis devenu un rien. Finalement, c'est peut-être mieux comme cela, car l'enfer avalera le néant. Il n'y aura pas que moi : l'enfer aussi sera roulé.

Il ne restera que la souris. Elle se nourrira; les victuailles qui sont sur la table sont suffisantes pour tout le manoir, alors que dire pour une seule souris, fût-elle des plus affamées? Et elle sera la seule à tirer profit de tout cela.

Mais non, même elle non plus... Car cette table va plonger dans le gouffre de l'enfer en même temps que moi. Car il est à prévoir ceci : quand sonnera minuit, des salles les plus lointaines on entendra des pas de pierre, et l'écho de pierre résonnera contre les murs de pierre, de plus en plus fort, de plus en plus près. Jusqu'à ce qu'il finisse par arriver ici, tout près, et que je l'aperçoive sur le seuil de la porte. Je me lèverai alors de table pour aller l'accueillir. Lorsqu'il se tiendra face à moi, il tendra sa main et je lui tendrai la mienne. Sa main de pierre serrera avec force ma main humaine. Éclair, bruit de tonnerre. La terre se fendra, des flammes jailliront, et au milieu de l'odeur de soufre, toutes ces richesses, cette argenterie, les fruits, le vin, les velours et moi-même pris dans l'étreinte du Commandeur, s'abîmeront dans les profondeurs. Il ne restera plus rien pour la souris.

Donc, pendant qu'il est encore temps, je prends le pain qui est sur la table et le mets de côté pour la souris, loin de l'endroit infernal. Qu'elle le prenne et qu'elle soit heureuse! Ce n'est pas à moi de juger si cela a peu ou beaucoup d'importance. Et même si cela est peu, il vaut mieux cela que rien du tout.

Épidémie

LORSQUE j'étais enfant, ou même adolescent, je ne me doutais de rien. Peut-être qu'on évitait de me dire la vérité pour ne pas m'effrayer? Mais je remarquai plus tard, et maintenant je le sais de façon sûre et certaine, que dans le monde sévit un étrange fléau.

Le choléra, le typhus et consorts ont chacun leur nom et leurs symptômes. Personne n'en fait un secret. Lorsque ces épidémies se déclarent, tout le monde en parle et, en général, elles monopolisent les feux de l'actualité. Pourtant – et c'est cela justement qui est intéressant –, ceux qui souffrent de ces maladies finissent par se rétablir, peu de gens, certes, mais quand même : ce qui signifie que ces maladies ne sont pas mortelles à tous les coups. Par contre, celle que j'ai découverte entraîne la mort à coup sûr. Depuis des temps immémoriaux, personne, non, vraiment personne ne lui a survécu. Or, on n'en parle pas, et même si on le fait, on n'ose pas l'appeler par son nom. Est-ce parce que personne ne sait comment elle s'appelle? Ou même comment elle se manifeste véritablement?

Le choléra ou le typhus éclatent de temps en temps; on a alors beaucoup d'amis qui les contractent, mais ensuite, pendant des dizaines et des dizaines d'années, on a du mal à trouver quelqu'un qui soit malade du typhus ou du choléra. On aurait beau chercher avec une loupe, cela ne donnerait rien. En revanche, cet étrange fléau dont je parle sévit toujours et sans le moindre répit. Plus le temps passe et plus on a d'amis qui – on peut alors le constater – ont été victimes de cette maladie. Ils sont littéralement tombés sur elle : jusque sous terre.

Je commence donc sérieusement à soupçonner qu'elle a quelque chose à voir avec le temps. On le voit très bien d'après l'exemple de mon grand-père. Quand il était jeune, il vivait. De même à la fleur de l'âge. Mais quelques petites années de plus se sont passées, et je vous le donne en mille : eh bien, il n'est plus là. Il ne vit plus, tout simplement. Pourquoi vivait-il quand il était jeune, et plus par la suite? Pourquoi n'était-ce pas l'inverse? Il doit y avoir dans tout cela une raison profonde.

Quand on y regarde de plus près, ce rapport entre le temps et mon fléau se dessine encore davantage. Par exemple, aucun être humain, je dis bien aucun, né avant la première moitié du siècle passé, n'est plus en vie aujourd'hui. C'est là une règle absolue. Au-delà d'un certain seuil, le nombre d'années n'a d'ailleurs plus aucune importance. Nous sommes pareillement sûrs que ceux qui sont morts il y a cinq cents ans ne vivent plus, comme nous le sommes pour ceux qui sont morts il y a cinq cent soixante-treize ans, ou bien mille. Si nous arrivons encore à nous faire une petite idée, c'est jusqu'à cent ans seulement.

Oui, incontestablement, cette chose a un rapport avec le temps.

Il faudrait donc donner l'alerte, peut-être sortir en courant dans la rue et se mettre à crier. J'en ai parfois envie; du reste, c'est là le devoir de tout individu : donner l'alerte dès qu'il remarque un danger pour la collectivité. Mettre en garde, crier haut et fort, le montrer du doigt. La société devrait faire corps et, comme un seul homme, prendre des mesures contre le danger. Lesquelles? Est-ce que je sais?... Mais nous avons pour cela des gouvernements, des partis politiques et, de façon générale, une organisation sociale. Or, dès que je mets le pied dans la rue, je n'arrive pas à émettre le moindre son. J'ai l'impression d'avoir affaire à une conspiration du silence généralisée. Et je me dis que si je commence, ils vont me prendre pour un fou, même s'ils savent très bien que ce que je crierais serait la vérité. Mais ils font semblant tout simplement de n'être au courant de rien et ils empêchent tout le monde d'en parler ouvertement. C'est un complot, dirait-on; une conjuration. Mais un complot pour s'acoquiner avec qui? Avec le fléau? Cela dépasse l'entendement.

Il ne me reste donc plus qu'à me débrouiller par mes propres moyens. Car peu à peu s'insinue en moi le soupçon que tout cela ne concerne pas seulement mes amis ou des personnes que je ne connais pas, des gens qui ont été et qui ne sont plus, qui sont et qui ne seront plus. Et si moi-même j'étais menacé? Autrefois, cela me semblait impossible, je n'y pensais tout simplement pas. Mais maintenant...

Car je vis : c'est peut-être en cela justement que consiste cette maladie. Oui, c'est sûrement en cela.

Mais est-ce bien là une raison pour que moi aussi je doive mourir?

Anthropocentrisme

NOTRE nouveau châtelain arriva pour la Saint-Jean. Il était grand, gros, il avait la nuque et le nez rouges, et une voix comme une trompette. Il inspecta le manoir, donna un ducat à Bartek, jeta un coup d'œil dans les communs, violenta Magda dans le bois d'aulnes, se fit conduire vers les aires de battage, flanqua une torgnole à Wojciech, fit une descente dans les étables, mangea un porcelet, puis il fit appeler le Wojciech qui avait reçu une torgnole, lui offrit une montre française et lui infligea une seconde torgnole. Il s'endormit, et lorsqu'il se réveilla, il ordonna d'atteler le traîneau.

– Atteler le traîneau, mon bon maître? fit le palefrenier Jozef, perplexe. Mais c'est l'été!

– J'ai dit d'atteler le traîneau, andouille, parce que j'en ai envie; ma volonté passe en premier et l'été en deuxième!

C'est ainsi qu'il se mit à parcourir en traîneau les environs, traversant les champs de céréales et les vertes prairies.

Il ordonna de s'arrêter devant une silhouette en pierre qui se trouvait à une croisée de chemins.

– C'est quoi, ce machin bizarre? demanda-t-il.

On lui expliqua que cette silhouette portait le nom

de Pèlerin de pierre. Cette pierre ressemblait effectivement à un être humain agenouillé. Personne ne savait d'où elle était venue; elle était là depuis des temps immémoriaux, mais on disait que ce n'était point une pierre mais un pèlerin qui se rendait en Terre sainte et qui avait été changé en pierre en expiation de certains péchés. Tous les cent ans, il avançait d'un petit empan, si bien qu'il n'arriverait sans doute en Palestine que vers la fin du monde.

– « Arriverait »! s'écria le châtelain qui en devint pourpre de fureur. Eh bien, c'est ce qu'on verra. Avec moi, pas question que quelqu'un traverse comme ça mes champs, comme bon lui semble! C'est moi le maître, ici. Qu'on m'envoie tout de suite ici des gens avec des barres de fer, des cordes et quatre paires de bœufs avec des jougs!

Ce qui fut dit fut fait. Ils dégagèrent la terre autour de la pierre, attelèrent les bœufs à celle-ci et la tirèrent quelque quatre bons milles en arrière, jusque derrière, tout derrière la colline.

– Il s'en rappellera, dit en haletant le châtelain rancunier. Qu'il refasse maintenant ses quatre milles, si ça lui chante. Ça lui prendra encore une fois dans les cent mille ans ou plus.

Le châtelain aimait particulièrement les *kołduny* [1]. La cuisinière lui prépara un jour de ces *kołduny,* ce qui le mit d'excellente humeur après son repas. Il s'assit dans le vestibule, une énorme chope de bière

1. Genre de ravioli à la lituanienne *(N. d. T.).*

devant lui, se caressa le ventre et finit par appeler son intendant, à qui il tint ces propos :

– Oh, et puis c'est bon... Envoyez donc des hommes vers ce Pèlerin et avancez-le.

– A son ancienne place? demanda l'intendant.

– Non, dans les deux milles encore plus loin, en direction de la Palestine. Si je peux le faire revenir en arrière, je peux aussi en avant, et plus loin encore qu'auparavant. Qu'il sache qui est son maître!

Les instructions furent exécutées; le Pèlerin de pierre fut transféré jusque derrière la forêt, en direction de la Palestine.

Il ne se passa pas une semaine que le châtelain n'eût des attaques de goutte. Il ne put dormir et il devint d'une humeur si massacrante que tous ceux qui le pouvaient s'écartaient de son chemin. Il se souvint alors du Pèlerin.

– Qu'on me le ramène en arrière tout de suite, et pas à quatre milles du croisement mais à six! Et que le diable l'emporte! Ouh, que j'ai mal!

Ils reculèrent le Pèlerin de deux milles, puis de six encore, en tout huit. Le châtelain recouvra la santé. Il recommença à courir après Magda dans la forêt d'aulnes et à chasser la caille dans les champs avec son fusil. Il allait un jour de par les champs avec les chasseurs, sifflant joyeusement, quand tout à coup il regarda et aperçut le Pèlerin de pierre qui se tenait là, devant lui.

– Qu'est-ce qu'il fait là? demanda-t-il aux chasseurs. Pourquoi il n'est pas derrière la forêt?

– C'est que vous avez vous-même ordonné, Sire, de le reculer jusqu'ici, répondirent les chasseurs.

– « Ordonné »? Peut-être bien que j'ai ordonné. Et alors, qu'est-ce que ça peut faire que j'aie ordonné?! Et maintenant j'ordonne qu'on le remette derrière la forêt. Mais il faut que ça saute, parce qu'il me plaît bien davantage derrière la forêt!

C'est alors que tous entendirent le Pèlerin de pierre déclarer au châtelain, d'une voix de pierre, mais distinctement :

– Va te faire foutre!

Le châtelain tomba à genoux; puis, ayant fait don de tous ses biens à l'Église en faveur des veuves et des orphelins, il entra lui-même dans un monastère de trappistes, où on dit qu'il devint complètement maigre et pâle. Il vécut désormais une vie de moine humble, tout entière consacrée au travail et à la prière. Converti de fond en comble par ce miracle.

Pour ce qui est du Pèlerin de pierre, nous le retransférâmes, au cours d'une procession solennelle, à son ancienne place à la croisée des chemins. Ni plus près ni plus loin : exactement à l'endroit qu'un décret divin, et non l'arbitraire humain, lui avait attribué.

A l'endroit où s'était produit le miracle, on construisit une chapelle. Mais grand fut l'embarras dès lors qu'il fallut lui donner un nom. Jusqu'au jour où de savants théologiens eurent une bonne idée et firent graver sur le fronton de la chapelle l'inscription suivante :

Quod dicis Domine?

Visite

J'ÉTAIS assis comme de coutume à ma table, buvant mon thé à petites gorgées, quand tout à coup apparut sur le seuil un archange au glaive de feu.

– Attention, monsieur l'archange, à ne pas accrocher l'armoire avec votre glaive, elle pourrait prendre feu, dis-je, essayant de tourner la situation en plaisanterie. C'est là une méthode qui a fait ses preuves – je l'ai parfois utilisée, même si c'était, il est vrai, dans des conditions différentes; il suffit pour cela de recourir à une approche de type grotesque.

Mais lui, rien; il me regarde seulement.

« De toute évidence, c'est quelqu'un qui n'est pas dans le coup, me dis-je. Il n'a pas vu le théâtre de l'absurde, il n'entend rien à l'humour. »

Je mis mon thé de côté et réfléchis sur la conduite à adopter.

Le traiter de façon matérialiste? Par la force des choses, ou plutôt par la force de *la* chose, c'était impossible. Car le matérialisme nie ce genre de phénomène. Nier, bien entendu, était toujours possible. Mais pas maintenant, alors qu'il me regardait en tenant son glaive et que, pendant qu'il y était, il pouvait lui prendre de s'en servir.

Peut-être alors essayer un compromis? En fin de

compte, la psychanalyse ne nie pas ce genre de choses; au contraire, elle les explique rationnellement. Si j'arrivais à le coincer avec la psychanalyse, je serais sauvé. Ce glaive – qui, en plus, était de feu – tombait vraiment à pic; le symbole était des plus clairs.

– Je comprends, lui dis-je. Le glaive ne fait pas l'ombre d'un doute, c'est un cas classique. Eh bien, maintenant que j'ai tout compris et interprété, je vous prie de me laisser, monsieur l'ange.

Mais lui, rien; il reste là, debout, à me regarder.

« Qu'est-ce que ça veut dire...? » pensai-je, un peu mal à l'aise. « Il ne sera pas dit tout de même que nous aurons accumulé tous ces acquis culturels et que j'aurai fait des études pour ne pas savoir maintenant de quoi il retourne et pour que je doive résoudre seul ce casse-tête. Voyons, voyons... J'ai peut-être oublié quelque chose? Ou peut-être bien quand même qu'il y a une façon ou une autre de se débarrasser de lui par le biais d'une interprétation. Seulement, il faut viser plus large, et pas uniquement avec la psychanalyse, sur laquelle d'ailleurs on commence par-ci par-là à entendre des rumeurs sceptiques. Il faudrait, je ne sais pas, moi, le prendre de façon plus syncrétique et plus moderne. »

– Je ne m'y connais pas en physique moderne, fis-je pour essayer de me le concilier. Mais il paraît que l'on parle dorénavant d'une indétermination existant entre l'être partiel et l'être ondulatoire de la matière. Donc, si vous êtes quelque chose dans ce genre... Quelque chose qui serait justement, disons, un phénomène indirect... un phénomène, supposons, à la limite, ou peut-être même quelque chose de plus, je veux dire : de moins... Un *continuum,* en d'autres termes, mais aussi quelque chose qui, d'un autre côté, n'est pas tout à fait un *continuum...*

Négatif; encore une fois, négatif. L'ange me considérait de manière impitoyable. Et cela ne me surprenait pas, car, moi-même, je n'avais pas du tout été convaincu par ma propre tirade, et en plus je m'étais mélangé les pédales. Le temps passait, et je sentais que j'en avais de moins en moins.

– Est-ce que je peux aller aux toilettes? demandai-je.

Il ne me l'interdit pas, même s'il ne m'autorisa pas non plus à le faire. J'interprétai donc cela comme une autorisation. En fin de compte, je ne suis qu'un être humain; c'est pour moi une limitation, mais aussi un droit. Et sans doute qu'il ne me suivrait pas aux toilettes; pour quelqu'un comme lui, aller dans un tel endroit avec un glaive aurait fait déplacé. En général, cela faisait déplacé pour lui d'aller aux toilettes.

Je m'enfermai avec le crochet et j'eus soudain une illumination.

Il n'exigeait pas du tout de moi que je comprenne qui il était. Encore moins que je le lui explique. Qui il était, il était très bien placé pour le savoir lui-même. Infiniment mieux que moi, en tout cas, qui pouvais un jour finir par le découvrir. Car un ange est quelque chose de plus grand que moi, qui suis tout juste un homme; car comment le petit peut-il cerner le grand? Donc, s'il exigeait quelque chose de moi, c'était uniquement ce qu'on pouvait exiger de moi; en d'autres termes, uniquement ce dont j'étais capable. Or, dans le meilleur des cas, tout ce dont j'étais capable, c'était de comprendre qui j'étais moi-même.

Je tirai la chasse d'eau pour la forme et retournai vers l'ange. Mais il n'était plus là.

« Maintenant, il reviendra seulement quelques instants avant la fin, me dis-je. Il sait qu'on ne peut pas régler la chose comme ça, vite fait. »

Mon ami inconnu

Au milieu de toutes les voix de la rue que je connaissais, j'entendis une voix que je ne pus identifier tout de suite. Bien qu'elle fût beaucoup plus basse que les voix ordinaires – par le fait même qu'elle n'était pas ordinaire –, elle était plus distincte qu'elles. Elle venait de près, mais je ne savais d'où. Un léger bruit de battement, un murmure étouffé, qui allaient en augmentant et faiblissaient tour à tour, comme si quelqu'un s'efforçait de convaincre quelqu'un d'autre de quelque chose, en murmurant, mais de façon passionnée.

Je m'arrêtai et découvris la source de cette voix. Juste au-dessus du niveau de la rue, il y avait une petite fenêtre de cave, une de celles que personne ne regarde jamais de l'extérieur et par laquelle on ne regarde de l'intérieur que rarement, pendant seulement un court instant et une seule fois en l'espace de plusieurs mois, voire plusieurs années, pendant de brèves visites dans cette cave sombre et sale. Des visites faites à contrecœur et sous la pression des circonstances, lorsqu'il faut ranger dans le sous-sol, dans les bas-fonds de l'existence, un objet qui ne sert plus à personne, ou mettre de la mort-aux-rats. Derrière les barreaux de la grille, faite de rouille sale, qui recouvrait ce rectangle aux contours effrités, rongés par le temps et l'absence d'entretien, battait quelque chose de vivant, entre le blanc gris et le bleu marine, constitué de plumes. Je ne reconnus pas tout de suite que c'était un pigeon, car le pigeon est un oiseau qui se montre habituellement en plein vol, ou qui est haut perché sur les toits, ou qui déambule dans les espaces ouverts des rues et des places. Reconnaître un pigeon dans un endroit aussi inattendu exigeait un temps de réflexion et ne pouvait pas ne pas entraîner certaines conséquences, tout comme la chose n'eût pas tiré à conséquence si elle s'était produite dans des circonstances habituelles pour lui, qui n'auraient pas posé problème pour moi.

Comment ce volatile s'était-il retrouvé dans une cave, qui est ordinairement un domaine réservé aux rats? Après un instant de réflexion, je trouvai – semble-t-il – la réponse. Le grillage de la fenêtre voisine, qui était identique à celle-ci, était troué; en marchant de-ci, de-là sur le trottoir, le pigeon s'était approché de ce trou et, attiré par quelque chose, lui semblait-il, qui pouvait lui être bénéfique, s'y était engagé. Ayant constaté qu'il se trouvait dans un endroit qui ne lui convenait pas, il avait voulu en sortir, c'est-à-dire, en bon oiseau, en prenant son vol. Il vola jusqu'à la lumière mais tomba cette fois-ci sur la fenêtre qui n'était pas trouée. Il ne lui vint pas à sa cervelle d'oiseau de retourner vers la brèche dans la fenêtre et de sortir par cet orifice, de manière réfléchie, et sur ses pattes. On ne savait pas depuis combien de temps il attaquait la grille qui restait inaltérée sous ses coups, et sans doute qu'il ne pouvait comprendre pourquoi il lui était impossible de prendre son envol alors qu'il volait, et pourquoi il faisait du surplace alors qu'il allait toujours de l'avant. Il renouvelait donc ses vains efforts, puis s'immobilisait derrière la grille, pour recommencer l'instant d'après. Toujours de la même façon et toujours sans le moindre résultat. Et c'est pourquoi il fut d'abord audible, avant qu'il ne devînt pour moi visible également, sous forme de battements et de susurrements, qui allaient croissant puis faiblissant, croissant et faiblissant tour à tour. Volettements, furie, pression et battements d'ailes, mouvements derrière la grille, puis immobilité des plumes, hérissement découragé et immobile, puis de nouveau battements, mouvements.

Je savais que ce n'était pas le doute qui le faisait retomber après chacune de ses tentatives successives et vaines. De toute évidence, l'aptitude au raisonnement ne lui ayant pas été octroyée, il ne savait pas tirer de leçons de l'expérience et ne pouvait donc guère douter. Seule la fatigue le faisait retomber. Je savais qu'un oiseau n'est pas un être humain. Si c'était moi qui avais été à sa place et si j'avais eu le même comportement que lui, on aurait pu alors, sans conteste possible, parler d'une volonté héroïque de vaincre le doute, d'un espoir si tenace dans des conditions si désespérées qu'on aurait pu me donner le titre de héros ou d'imbécile. Mais on ne pouvait pas dire cette chose de lui, car ce n'était pas un être humain. Je savais tout cela dans ma tête humaine, qui était un tant soit peu plus grande que sa cervelle d'oiseau, mais je savais également qu'en dépit de la différence de volume de nos cerveaux, ce n'était qu'un fruit du hasard si j'étais, moi, en liberté, alors que lui était emprisonné, et non pas du tout grâce à ma raison humaine. Je veux dire qu'il aurait pu se produire, qu'il pouvait toujours se produire que je me retrouve derrière des barreaux avec ma raison humaine, après y avoir été placé par la raison de mon prochain. Quelle différence y aurait-il alors entre cet oiseau et moi?

Pendant ce temps, la vie tout autour suivait son chemin, ses routes et ses sentiers, indifférente au sort du prisonnier. Elle se poursuivrait ainsi lorsqu'il commencerait à mourir d'épuisement; ensuite également, lorsqu'il mourrait. Le soleil brillait, un enfant mangeait une crème glacée, quelqu'un portait une échelle, un chien reniflait un arbre et l'arbre bourgeonnait, car c'était l'époque de la floraison. Le soleil normalement, l'enfant normalement, l'échelle normalement, le chien normalement, l'arbre normalement. Qu'y avait-il donc d'étrange à ce que le pigeon existât lui aussi normalement, de façon séparée? Seulement, le fait pour ce pigeon d'exister normalement était d'une autre nature que la nature commune de toutes les autres « normalement » pris ensemble; en d'autres termes, tous les autres ne souffraient pas, alors que le pigeon souffrait. La simultanéité, le parallélisme, cette chose qui se déroulait juste à côté de ce voisinage parfait, non perturbé, comme si ce voisinage avait été naturel, même s'il ne l'était pas –

tout cela était indécent. Il n'aurait pas dû en être ainsi. Pourtant c'était ainsi.

Sur quoi, par conséquent, sur qui devait compter le pigeon? Seulement sur moi, et non pas sur le soleil, ou sur l'échelle ou sur la crème glacée. Seulement sur le fait que je lui viendrais en aide. Le pigeon n'en était pas conscient, mais moi, de gré ou de force, j'étais conscient pour lui et pour moi-même, et je ne pouvais feindre de ne pas l'être, ni vis-à-vis de moi-même ni vis-à-vis de lui-même. Par contre, pour lui venir en aide, il fallait que j'entre dans un bâtiment que je ne connaissais pas, trouver le propriétaire de la cave et le convaincre de libérer le pigeon.

Combien de tracasseries encore! A quelle porte frapper? Combien de fois devrais-je expliquer le but de ma visite à des gens étonnés et peu disposés à coopérer avant que je ne tombe sur le propriétaire de la casemate, lequel – selon toute vraisemblance – serait pareillement étonné et peu disposé à coopérer, et qu'il faudrait que je persuade d'interrompre ses occupations, quelles qu'elles fussent, pour qu'il prenne la clé, qu'il descende au sous-sol, qu'il ouvre la lourde porte, et tout cela pour un simple pigeon? Ils seraient soupçonneux, méfiants, ils me prendraient peut-être pour un fou; difficile de s'attendre à ce que toute une maison, comme la majorité des maisons, soit habitée par des amoureux des pigeons, ou tout au moins par des gens ayant un petit supplément d'imagination, qui soient prêts à accepter de l'inhabituel, introduit par moi dans leurs habitudes, sans méfiance, sans crainte et sans résistance. Je ne me ferais guère aimer d'eux.

Je regardai autour de moi, espérant qu'il se trouverait quelqu'un pour me décharger de cette corvée. Car il était nécessaire de faire quelque chose. La sensibilité, la seule sensibilité ne suffisait pas, le pigeon n'en avait que faire si personne ne lui venait en aide. Que ce fût moi, ou n'importe qui d'autre, peu importe. Je me serais volontiers satisfait de la seule sensibilité, laissant l'action à quelqu'un d'autre, à une personne pareillement sensible mais disposée à entreprendre quelque chose. Mais je ne vis personne qui répondît à ces critères. Alors que, pendant ce temps, subsistait la nécessité d'agir. Il fallait faire quelque chose.

Mais pourquoi, au fait? On voit parfois dans les caniveaux des cadavres de pigeons, ils crèvent tôt ou tard pour une raison ou pour une autre, et pas seulement les pigeons d'ailleurs. Toutes les créatures vivantes. Que ce pigeon crevât ici et maintenant, ou plus tard et autre part, cela revenait au même. Est-ce que toute la nature ne repose pas sur le fait que la vie s'entremêle avec la mort, et que des milliards d'existences diverses et inimaginables périssent à tout instant et sans cesse, et que ce n'est pas pour cela qu'au monde il y a moins ou plus de vivants? Ne faut-il donc pas considérer cela, comment dire, de façon globale et planétaire, au lieu de rester ici debout et perdre du temps? De ce temps qui existe toujours mais qu'on n'a jamais; je veux dire que moi je n'ai jamais le temps car je suis toujours très occupé, et justement j'étais en train de me rendre quelque part pour régler quelque chose, lorsque je fus arrêté, par hasard du reste, car j'aurais pu prendre une autre rue, ou aller autre part, par la tragédie de cet oiseau. Tragédie? N'exagérons pas, c'est ainsi que tourne le monde, c'est comme cela la vie. D'un événement mineur, ne faisons pas toute une histoire.

Je sentis que je m'élevais au-dessus de tous ces petits réflexes, limités, sentimentaux et, en fait, ridicules, et qu'en m'élevant ainsi, j'embrassais des horizons plus larges. Ouvert sur de longues perspectives, le regard acéré, général et global, doué pour les grandes synthèses, je commençai, de façon fringante – car soulagé – à m'éloigner de l'endroit où j'avais failli tomber dans la petitesse. Et pour appuyer de l'autorité d'un grand poète mes conclusions élancées, je me récitai en esprit :

De douleur la biche blessée a beau bramer,
Le cerf resté en vie vagabonde.
L'un ne dort pour que tous puissent dormir en paix :
Ainsi vont les choses en ce monde [1].

Oui, comme cela, le plus simplement du monde. Est-il quelqu'un qui ait jamais vu un pigeon immortel?

Tandis que je m'éloignais, je croisai un passant vêtu d'un manteau noir et d'un chapeau noir. Lorsqu'il passa près de moi, il plissa un œil et me lança

1. *Hamlet*, acte III, scène 2 *(N. d. T.)*.

un clin d'œil complice. Je me retournai et le regardai avec étonnement, car je ne le connaissais pas du tout et j'étais surpris par sa familiarité. Me connaissait-il donc, même si je ne le connaissais pas? Ou peut-être que je le connaissais mais que simplement je ne l'avais pas reconnu? Mais lui ne détourna pas la tête et continua à marcher; or, si c'était quelqu'un que je connaissais et que je n'avais pas reconnu de prime abord, il se serait retourné pour voir ma réaction à son signe de complicité. Car il était très clair qu'il m'avait fait un clin d'œil comme si nous avions été des amis très proches, ou même des acolytes dans une affaire que nous aurions tous deux été les seuls à connaître, une transaction de confiance, non connue du public, mais qui était des plus évidentes entre nous et qui nous unissait tous deux. Mais non, il continua son chemin droit devant lui et ne se retourna pas.

Je m'arrêtai et le regardai, essayant de résoudre cette énigme. Je remarquai alors qu'il avait d'étranges chaussures, faites non pas pour des pieds humains mais pour des sabots, et que de dessous son manteau dépassait une queue noire et velue.

Dans l'autobus

OUI, je m'y attendais, j'en avais peur, il fallait que ça arrive. La vieille avait une centaine d'années, ou bien seulement quatre-vingts, aucune importance : elle ne faisait pas partie de ces gens qui, en dépit de leur âge avancé, ont assez de forces et de santé non seulement pour vivre, mais encore pour rappeler leur droit à la vie. Elle s'arrêta juste devant moi, et effectivement elle était faible et malade, malade de vieillesse et souffrant sans doute encore d'une autre maladie, trop faible pour porter sur moi un regard chargé d'indignation, voire de reproche. Elle ne me regarda qu'une fois, mais avec humilité, d'une façon suppliante, incertaine et timide, puis voyant que cela ne donnait pas de résultat, elle se sentit honteuse, comme si elle avait revendiqué un droit qui ne lui revenait pas, comme si elle présentait ses excuses pour son insolence, et elle ne fit plus que regarder fixement le plancher, ou peut-être bien sa propre détresse intérieure.

Elle se tenait non pas tant devant moi qu'au-dessus de moi, car j'étais assis confortablement, jeune et dans l'éclat de la santé, et, qui pis est, avec une raquette de tennis sur les genoux, ce qui dénotait que j'étais même en meilleure santé et plus fort que beaucoup de jeunes de mon âge, puisque tout le monde, on le sait bien, ne fait pas de sport. Ma tenue vestimentaire blanche, peu habituelle à cette heure de la journée et dans cet autobus bondé de gens bien ternes, disait que je n'étais pas prisonnier d'un travail quotidien et que je ne me faisais pas de soucis pour mes moyens de subsistance. Si quelqu'un avait dû lui céder la place, ce quelqu'un, c'était surtout moi.

Peut-être est-ce là justement la raison pour laquelle personne d'autre ne marqua d'empressement à le faire. Ils préférèrent me condamner à subir leur indignation générale, me clouer au pilori de leurs regards haineux (haineux, oui, à fort juste titre), ils préférèrent jouir de leur droit d'indignation sacrée contre moi et savourer la satisfaction de mettre en œuvre ce droit plutôt qu'alléger la condition de la vieille. Si l'un d'entre eux avait préféré faire preuve de commisération et de solidarité, il l'aurait fait s'asseoir, mais cela aurait justement atténué la tension pleine de piquant créée par l'accusation publique à laquelle on me soumettait. L'incident aurait été en quelque sorte classé. Alors qu'ici, justement, ils ne voulaient pas se priver de ce délice – ce délice d'une juste accusation, d'un juste courroux. Ce courroux constituait pour eux une fête imprévue, un luxe dans la misère dépouillée de l'autobus de tous les jours. Un courroux vigoureux et juste, dont j'étais la cause, les remplit, alors qu'il y a encore un instant, somnolant à demi, ils n'avaient pas la moindre idée de ce qui aurait bien pu les remplir, cherchant quelque chose en eux de façon indolente et sans le moindre espoir. Quelle aubaine! quel cadeau du destin! Pourquoi aurait-il donc fallu qu'ils s'en privent?

« Pourvu seulement qu'elle ne trépasse pas avant de descendre de l'autobus », me dis-je sous forme de prière, en faisant semblant de contempler ce qui se passait dans la rue et d'observer les façades des maisons, ce qui me permit de feindre de ne pas remarquer sa présence ni la présence des autres passagers : j'aurais vraiment eu du mal, dans ce cas-là, à y couper, on m'aurait tabassé sans aucun doute, et qui sait, peut-être m'aurait-on même traîné jusqu'au tribunal? La société aime bien cultiver les vertus publiques. « Condamné pour collusion avec le trépas. » Et ma photo qui s'étalerait dans les journaux, d'abord en tenue de tennis, ensuite en habit de prisonnier, tenant une pelle, sur fond de paysage représentant des travaux de canalisation à grande échelle, confiés aux soins dévoués des habitants d'un camp de travail. Ceci afin de souligner le caractère de classe de mon forfait moral.

Mais peut-être que la chance allait me sourire, et qu'ici, devant moi qui étais assis, non seulement elle ne mourrait pas debout, mais au contraire elle allait descendre à l'arrêt suivant, lequel justement approchait. Non, bien entendu, elle ne descendit pas, l'autobus redémarra et nous continuâmes notre route au complet : moi, elle et le chœur des accusateurs.

Comme d'habitude, aucune de ces suppositions extrêmes ne se réalisa, ni l'espoir ni la crainte. Ils parvinrent à un commun accord : la crainte libéra la première moitié, l'espoir la seconde, et en fin de compte la vieille descendit, vivante, mais seulement au dernier arrêt.

Vers minuit, l'autobus s'arrêta au terminus. Hormis le chauffeur et moi, il n'y avait plus personne à l'intérieur. Le chauffeur descendit, moi je restai à ma place. Après quoi vinrent deux types avec des outils; ils dévissèrent les solides vis, à tête « Philips », renforcées chacune par une rondelle, qu'on avait vissées au maximum avec un tournevis pneumatique, et non pas mécanique (pour plus de sécurité), et qui avaient servi à m'attacher à mon siège.

Le gardien du vase de Chine

Dans la capitale d'un grand pays contemporain, il existe un certain musée, et, dans ce musée, une section consacrée à l'art oriental. Parmi les innombrables objets exposés, beaucoup d'entre eux constituent des raretés et, en tant que tels, sont d'une immense valeur, aussi bien culturelle que financière. Au milieu de ces raretés, un spécimen se distinguait, objet unique en son genre, unique dans le monde entier. Dans la mesure où c'était là un spécimen unique, sa valeur culturelle était irremplaçable et sa valeur financière ne pouvait se chiffrer.

L'objet en question était constitué par un vase de Chine. Son caractère unique était d'autant plus grand que ce vase avait été découvert non pas d'une pièce mais sous la forme de mille neuf cent quatre-vingt-deux coquilles, ou plutôt petits morceaux. On avait retrouvé chacun de ces petits morceaux l'un à la suite de l'autre en tamisant pendant quinze années le limon du lit d'une grande rivière de Chine; ce limon avait été séché dans des conditions spéciales, puis filtré à travers des cribles spéciaux d'archéologie. A partir des débris ainsi retrouvés, on reconstitua l'ensemble, pas tout de suite, bien entendu, mais progressivement, au cours des sept années suivantes. Sept années durent pourtant encore s'écouler avant que l'on réussît à recoller le vase, brisé, cinq mille ans auparavant, en mille neuf cent quatre-vingt-deux petits morceaux, qui furent jetés dans le lit d'une grande rivière, c'est-à-dire à le reconstituer tel qu'il avait été.

En raison de la valeur tout simplement incalculable de cet objet, on lui avait attribué une place spéciale dans le musée, de même qu'on lui avait affecté un gardien particulier. En général, les gardiens de musée sont chargés de surveiller un certain nombre d'objets à la fois, mais dans le cas présent le gardien n'avait pour tâche que de veiller à ce seul et unique vase de Chine. Cette tâche était donc plus facile à accomplir que celle de ses collègues, mais elle impliquait aussi une responsabilité infiniment plus importante que la leur.

En raison justement de la responsabilité entraînée par cette tâche, on chercha longtemps avant de trouver le candidat qu'il fallait. C'était un homme dans la force de l'âge, sans défauts, bien équilibré, bon mari et bon père, honnête, et qui possédait un sens très fort du devoir. On plaça une chaise près du vase de Chine, sur laquelle il allait devoir désormais rester assis huit heures par jour, six jours par semaine et onze mois par an – onze, car il aurait droit à un mois de congé annuel, mois pendant lequel on fermait le musée afin de procéder aux travaux de réfection et de réorganisation qui s'imposaient.

Surveillé avec un soin infini – le gardien ne le quitta pas des yeux pendant un seul instant, conformément à son devoir –, l'objet exposé fut ainsi efficacement protégé contre les dangers qui guettent toutes les expositions de musée. Le pilleur ou le vandale potentiels qui, dans la foule des visiteurs, s'approchaient du vase savaient d'avance qu'ils n'avaient pas la moindre chance. La présence constante et vigilante du gardien décourageait la moindre tentative de vol ou la moindre espièglerie aux conséquences incalculables. Ils dirigeaient donc leurs pas vers d'autres territoires où ils pourraient tenter leur chance. Des vols et actes de vandalisme eurent beau, par conséquent, être commis dans le musée au cours des années, ce ne fut jamais sur le vase de Chine, ni même à proximité de cet objet. A vigilance maximale, tranquillité maximale autour du vase, que rien ne venait jamais troubler.

Pourtant, cette tranquillité n'émoussa pas l'attention de celui qui veillait sur elle. Au contraire. Plus elle durait – et cela faisait déjà bien des années qu'il était gardien, et elles ne cessaient de passer –, plus il surveillait avec vigilance le trésor qu'on lui avait confié, et plus il jetait sur les visiteurs des regards soupçonneux. L'expérience enseigne en effet que plus il se passe de temps sans qu'une chose arrive, plus la probabilité qu'elle arrivera augmente. Par ailleurs, la valeur incommensurable du vase ne cessa pas le moins du monde d'être incommensurable avec le passage des années au cours desquelles personne ne tenta de commettre le moindre délit à son égard; au contraire – ici aussi au contraire –, elle augmenta, non pas de façon arithmétique, car l'incommensurabilité, c'est-à-dire l'infini, ne peut guère augmenter, mais elle gagna en force légendaire et mythique. C'est que plus le caractère intouchable du mythe dure, plus le mythe prend de larges proportions et seule la profanation peut mettre un terme à cette croissance. On se mit donc à accorder à ce vase de Chine une importance de plus en plus grande, celle d'une valeur culturelle et matérielle de plus en plus légendaire.

Lentement mais sûrement, le gardien du précieux vase s'acheminait vers l'âge de la retraite. Il continuait à vivre dans le bonheur familial, il obtenait de l'avancement pour la qualité irréprochable des services rendus et, grâce à ses économies – on sait qu'il n'avait pas de défauts –, il était devenu le propriétaire d'une petite maison avec un petit jardin.

Sa dernière journée de travail finit par arriver, et il s'apprêtait à transmettre pour le lendemain le relais à la génération suivante et à goûter au repos d'une retraite bien méritée. Dans les salons réservés aux réceptions, on préparait la cérémonie. Ce soir, on allait prendre congé de l'employé modèle, lui remettre une médaille et un diplôme pour bons et loyaux services, après quoi se tiendrait un banquet auquel participeraient la direction, des représentants du ministère et les collègues de travail. Il se dirigea comme d'habitude vers son poste de travail, mais, pour la première fois, avec le pressentiment qu'allait se produire une chose qui sortirait de l'ordinaire. C'était son sixième sens de gardien, aiguisé du reste par trente années de travail, qui lui soufflait qu'aujourd'hui se produirait une chose qui, jusqu'alors, ne s'était jamais produite. Son inquiétude était donc compréhensible. Il craignait qu'aujourd'hui justement, alors qu'il accomplissait son devoir pour la dernière fois, ce devoir dont il avait réussi à s'acquitter avec tant d'application pendant une trentaine d'années, quelqu'un ne fondît sur la relique qu'il protégeait et ne brisât toute sa carrière s'il ne parvenait pas, lui, à empêcher le sacrilège.

Il aiguisa donc à l'extrême ses facultés coutumières de vigilance, qu'il avait exercées et perfectionnées pendant ces si longues années. Il en vint presque à transpercer du regard tous ceux qui s'approchaient du sanctuaire, prévoyant chacun de leurs faits et gestes, devançant chacun de leurs murmures, voire de leurs souffles. Il était figé dans un qui-vive de tous les instants, prêt à bondir au moindre signe de danger, à s'opposer, à empêcher, à déjouer. Comme les secondes passèrent lentement au cours de toutes ces heures, ces longues heures! Inversement, plus le temps passait sans que rien n'arrivât, plus se raffermissait sa conviction que quelque chose devait finir par se produire.

L'après-midi tirait à sa fin, le crépuscule commençait à tomber et la torture allait bientôt cesser. Entretemps, toutefois, son pressentiment d'un événement peu ordinaire s'était changé en certitude, et lorsque retentit la sonnerie qui informait le public de l'heure de la fermeture du musée, il ne parvint pas à croire que la journée s'était écoulée sans que rien, finalement, ne se fût produit. Ni aujourd'hui ni pendant les trente dernières années.

Jusqu'au dernier instant, il ne parvint pas à y

croire, même lorsque le dernier visiteur disparut par la porte au loin, et plus tard, lorsqu'il ne resta plus que lui dans la salle du musée, seul près du vase de Chine, qui continuait d'être intact et entier. Et précieux.

Le briser fut chose facile. Il le fit en quelques secondes, aisément, en se servant de sa canne. Depuis un certain temps, il souffrait de rhumatismes, aussi utilisait-il une grosse canne. Ayant brisé l'objet en mille neuf cent quatre-vingt-deux morceaux, il multiplia encore ce chiffre par trois, en écrasant chaque morceau séparément à l'aide de ses talons. Il quitta ensuite le musée par une issue de secours, sans que personne le remarquât.

Il s'éloigna, avec la sensation que sa vie ne s'était pas écoulée pour rien. Il s'était avéré, en effet, que sa vigilance des trente dernières années avait été absolument justifiée, et que le danger, qu'il avait eu pour devoir de neutraliser, avait été bel et bien véritable. Il se sentit en outre revigoré, comme rajeuni. Pas seulement de trente ans, mais de cinq mille ans.

Routine

Je suis capitaine de pompiers. Mon devoir est d'éteindre les incendies et de sauver les personnes qui ont l'intention de se suicider.

Celles-ci sont de plus en plus nombreuses. Voilà comment se présente la routine.

On nous informe qu'à telle ou telle adresse quelqu'un a l'intention de sauter d'un étage élevé, le plus souvent d'un toit. Nous y allons. Nous n'avons pas de problème pour trouver l'adresse : au pied du bâtiment, une foule nombreuse s'est déjà rassemblée et regarde vers le haut.

Le candidat au suicide est debout sur la corniche. Nous déroulons l'échelle et je commence à l'escalader. Plus il est haut, plus il faut faire preuve de prudence, pour ne pas l'effaroucher. C'est-à-dire pour qu'il ne saute pas avant que nous ne parvenions à le sauver.

A mon avis, aucune crainte à ce sujet. Car enfin, il m'attend justement. Il aurait pu sauter tout de suite, non seulement avant notre arrivée, mais avant que la foule ne se rassemble. Il aurait pu sauter dix fois, vingt fois avant que quelqu'un ne vienne à le remarquer. Mais non, il attend que se forme un attroupement, ensuite que nous arrivions. Et c'est alors seulement que commence le spectacle.

Je monte sur l'échelle, je m'approche de plus en plus de lui et je fais semblant d'attacher un immense intérêt à ce qu'il accepte de rester en vie. Car enfin c'est ce qu'on attend de moi, je suis payé pour cela. D'autre part, si je faisais moins semblant, le public attroupé en bas serait moins content de moi.

Aujourd'hui, je suis de mauvaise humeur, en plus le temps est exécrable, il fait froid, le vent souffle, surtout ici en haut. Si j'avais pris des sous-vêtements chauds, je serais peut-être en meilleure forme. Quand il fait beau temps, c'est plus facile de jouer à l'imbécile. Mais pas lorsque le vent transperce jusqu'aux os. Par-dessus le marché, je me fais vieux, et combien de fois n'ai-je pas joué ce rôle!

Je m'approche donc de lui, et lui – comme d'habitude – fait semblant, si je fais un pas de plus, de vouloir sauter. Lui non plus ne manque pas de ressembler à ses prédécesseurs : négligé, ou plutôt émacié, avec une expression de visage bornée. Ce jeu est une spécialité de débiles. Les gens qui ont quelque chose dans la tête se tuent sans faire toutes ces cérémonies, et pour de bon.

Je sais ce que je devrais faire maintenant. M'arrêter et lui parler, d'une voix aussi bienveillante que possible. Le calmer, lui expliquer que la vie est belle et que nous attachons tous beaucoup d'importance à ce qu'il vive. Moi personnellement, ceux d'en bas et, de façon générale, la société entière. Vous pensez si nous attachons de l'importance à ce qu'une niquedouille de plus se balade dans les rues et nous casse les pieds.

Et puis ceux d'en bas : eux aussi font semblant. Ils traînaient par-ci, par-là, comme tous les jours, à s'ennuyer mortellement. Et voilà qu'on leur offre un spectacle. Un candidat au suicide sur une corniche. Prêt à sauter dans le vide, se disent-ils, quelle sensation! Naturellement, ils savent bien que les pompiers viendront, qu'ils le sauveront et que cela s'arrêtera là. Mais jusqu'au bout, ils ont l'espoir qu'il sautera. Ils savent que tout cela finira en queue de poisson, comme toujours, mais pourtant... Ils se disent que cette fois-ci peut-être... il glissera, ou bien... Ou bien que la corniche cédera... Ils ne peuvent compter que sur un accident, donc ils comptent dessus. Et moi, je dois faire tout mon possible pour qu'ils ne soient pas déçus par la représentation, mais en même temps qu'ils soient déçus par ce qui leur tient le plus à cœur. Quelle horreur!

Nous faisons donc tous semblant. Le candidat au suicide : de vouloir se tuer, alors qu'il y est absolument opposé. Il veut être un héros, attirer l'attention sur lui, avoir un public et qu'on écrive des articles sur lui dans le journal. C'est avant tout pour cela qu'il tient à vivre et c'est la raison pour laquelle il feint de ne pas y tenir. La foule, quant à elle, fait semblant d'appréhender l'horreur qui va se produire et c'est pourquoi elle ne quitte pas les lieux, afin de voir dans quelles conditions elle ne va pas se produire. Comme si! En fait, elle ne désire rien plus ardemment que de voir quelque chose de fort. Depuis qu'on a aboli les exécutions publiques, c'est pour elle la seule occasion. Et moi, je fais semblant de croire le désespéré et de croire ceux d'en bas et de devoir réagir de cette façon, comme si je ne savais pas ce que tous, lui et eux, veulent vraiment. Pour leur plaisir, je dois feindre d'être plus idiot que je ne suis.

Ainsi donc, je m'approche de lui sur l'échelle; une fois que je suis près, mais pas trop, il fait un pas en direction du bord, pour me montrer qu'il va sauter avant que je ne parvienne à le retenir. Maintenant, c'est à moi de m'arrêter et de commencer mon petit numéro. Je m'arrête donc. En bas, il y a déjà les journalistes, on nous prend déjà en photo. Les voitures de la télévision sont arrivées, les caméras commencent à tourner. Il y a aussi les vendeurs de cacahuètes, et les vendeurs de hot dogs. Ils savent qu'ils feront des affaires, car la frayeur aiguise l'appétit du public. Alors que moi, aujourd'hui, je n'ai presque rien mangé, parce que je ne peux rien avaler le matin, il est encore assez tôt, et en général je ne me sens pas dans mon assiette avant midi. Sur les photos et à la télévision, on me verra de dos, ici je ne suis que l'acteur numéro deux, le type sur la corniche sera le numéro un. Du reste, je me suis produit tant de fois pour ce spectacle que cela ne me fait plus ni chaud ni froid, je suis devenu complètement indifférent. Et en plus, je ne suis qu'un pompier des plus ordinaires, c'est-à-dire que je fais partie du personnel technique, je suis en service, je ne fais que m'acquitter de mes obligations. La véritable star, c'est l'autre sur la corniche, qui fait face à la caméra.

Mais que faire, il faut bien commencer. J'entame

donc mon processus de persuasion, en prenant la parole de la façon la plus conciliante possible :

– Alors, mon brave. Attendez un peu, vous n'avez rien de mieux à faire?

L'autre se donne un air soi-disant fâché, il vient de faire le fameux pas et ne revient pas en arrière, tout en n'allant pas plus loin non plus. Il fait mine de ne pas m'écouter mais n'en attend pas moins, lui aussi, bien entendu, la suite des événements. Je n'irai pas jusqu'à dire qu'il a une grande habitude de tout cela, mais chacun d'eux, même s'il le fait pour la première fois, le fait comme un professionnel. Paragraphe après paragraphe, comme en vertu d'un règlement.

– Je comprends, je comprends, on a ses raisons, bien entendu. Mais réfléchissons ensemble...

Réfléchir à quoi, je vous le demande, bon sang de bonsoir! Tout est clair. Mais moi j'ai des instructions, et elles disent : il faut gagner du temps. Il faut faire durer la chose le plus longtemps possible, pour qu'il se ramollisse en quelque sorte, pour qu'il perde cette pseudo-détermination, et ensuite ou bien il descendra de lui-même, s'il n'est pas de première qualité, ou bien – si c'est un détenteur de record de première classe – mes gars, qui sont déjà à l'affût sur le toit, lui sauteront au collet par en haut. L'art de toute la troupe consiste en ceci : plus ils sont proches du « dernier instant », plus l'effet est réussi, surtout à la télévision. Il arrive que l'on ait affaire à des talents exceptionnels, sur lesquels nous mettons la main lorsqu'ils sont pratiquement, pratiquement en train de sauter dans le vide. Mais ils sont très rares, comme tous les grands talents.

Il fronça les sourcils, se renfrogna et fit semblant de ne pas m'écouter. Mais bien entendu il attendait ma question suivante. Je me raclai la gorge, car depuis la veille j'étais comme enrhumé, en plus il y avait ce vent, le dix-huitième étage, et je poursuivis, sur un ton aussi délicat, aussi suave que possible :

– Pense à ta famille et à tes amis, et si tu n'as pas de famille, pense donc...

Et je me demandai en pensée à quoi il aurait bien pu penser. D'habitude, je ne réfléchis même pas, car enfin je connais tout cela par cœur, mais aujourd'hui cela m'est sorti de l'esprit. Ou plutôt non, cela n'est pas sorti, cela m'est bien resté dans la tête, mais « cela » a compris comme c'était stupide et en a eu tellement honte qu'il ne veut pas se montrer. D'ailleurs, avec cette famille et ces amis, c'était déjà suffisamment stupide. Car enfin, si c'était justement à cause d'eux qu'il faisait tout ce cirque? Pourtant, il faut bien lui dire quelque chose. Je lui sors donc, seulement pour « gagner du temps » :

– Il fait un sacré vent aujourd'hui, vous ne trouvez pas?

Il me regarda pour la première fois avec un air un peu moins vasouilleux. De toute évidence, il ne s'attendait pas à cela, je ne respectais plus mon rôle. Je venais de faire une gaffe. Afin donc de me rappeler à l'ordre, il effectua un demi-pas supplémentaire en direction du bord. Sa jambe resta suspendue au-dessus du précipice. Tout à coup, j'en eus assez.

– Oh, et puis saute donc, espèce d'enflure, lui dis-je, et je commençai à descendre l'échelle.

Vous croyez qu'il sauta? Eh bien oui, il sauta.

J'attends maintenant de passer en jugement. Il est évident que je perdrai mon emploi de pompier, cela ne fait pas l'ombre d'un doute. Et ce n'est que justice, car je ne me suis pas acquitté de mes obligations professionnelles. Je suis accusé de... Oh, ce n'est pas important. D'ailleurs, je suis également d'accord avec le chef d'accusation. Il n'y a qu'une chose avec laquelle je ne suis pas d'accord, avec laquelle je ne suis absolument pas d'accord. Les journaux avaient titré : « Suicide », alors que, selon moi, ce fut un accident. Dans la profession de candidat au suicide, il arrive aussi parfois des accidents mortels.

Académie des sciences

Du haut de la montagne, le regard portait loin sur les vallées environnantes, et sur le sol il y avait deux poutres disposées en forme de croix.

– Vas-y, allonge-toi, dit le plus âgé.

– M'allonger? Mais pourquoi?

– Ça te reposera. La pente était très raide, ça t'a fatigué. Non, pas à terre, sur les poutres.

– Sur les poutres? Mais pourquoi?

– Parce qu'il vient de pleuvoir, et la terre est humide; tu pourrais t'enrhumer. Oui, comme ça, et maintenant étends les bras.

– Mais pourquoi?

– C'est mieux pour respirer. Non, on n'écarte pas les jambes.

Ils me saisirent par les poignets et les chevilles et me plaquèrent contre les poutres. Ils sortirent un marteau et des clous et commencèrent à me clouer.

– Mais pourquoi vous me clouez?

– Pour que tu ne tombes pas quand on te soulèvera bien haut. Parce que si tu tombais, tu pourrais te faire mal, peut-être même te blesser, et te casser un bras ou une jambe. Mais si on te cloue, tu resteras bien accroché. Pas de danger que tu tombes.

– Mais pourquoi vous voulez me soulever bien haut?

– Ici, de cette montagne, on a une belle vue, mais de là-bas tu en auras encore une plus belle. Parce que tu seras encore plus haut.

Ils me soulevèrent étendu sur les poutres; après avoir enfoncé dans le sol celle qui était verticale, ils en consolidèrent le pied à l'aide de cailloux.

– Voilà, c'est prêt, dirent-ils.

Ils étaient contents de leur travail.

– C'est pas tout ça, mais il faut qu'on y aille, dit le plus âgé en remettant son casque qu'il avait enlevé car il avait transpiré en travaillant. Et toi, tu ne bouges pas de là.

– Et pourquoi je ne bouge pas de là?

– Pour que tu réfléchisses à la signification de la souffrance. Je veux dire, pour que tu te poses la question de savoir ce que la douleur veut vraiment dire. Quand tu auras trouvé une réponse, tu le diras.

– Mais pourquoi je dois me poser cette question?

– Ah, parce que tu voudrais souffrir sans aucune signification? C'est pas sympa, mon pote, non, pas sympa du tout. Il faut que tout ait une signification.

Ils commencèrent à descendre de la montagne et à s'éloigner en direction de la vallée.

– Mais à qui il faudra que je le dise? m'écriai-je pour tenter de les retenir. Puisque vous ne serez plus là?

Ils ne répondirent pas; ils avaient déjà disparu.

Le lac

JE suis en train de ramer. Les rames s'enfoncent dans l'eau, et lorsqu'elles ressortent, l'eau demeure inchangée, cela ne la dérange pas. Des nénuphars jaunes se dirigent vers moi, ou peut-être bien moi vers eux. Ils se balancent lorsqu'ils arrivent sous les rames, mais ils ne perdent pas leur équilibre. Eux non plus, cela ne les dérange pas. Quelle chose bizarre! Ce que je fais ne dérange personne, et en même temps je me sens bien.

C'est une journée d'été, le lac d'un côté, le ciel de l'autre. Ils ne se dérangent pas mutuellement, mais ils sont là. Les rames grincent dans les tolets, mais leur voix non plus ne détonne pas. Elle est à sa place. Tout comme moi, dont il semble indiqué que je sois là, même si rien ne m'y oblige. Aucune contrainte, mais puisque je suis là : tout va pour le mieux.

Et ce n'est pas que je sois venu de quelque part, ni que je rame vers quelque part. Je veux dire que je ne me presse pas, même si je ne rame pas lentement non plus. Je rame au-delà de ces définitions. C'est peut-être pour cela justement que c'est si agréable? Mais pourquoi s'arrêter là-dessus? Encore une de ces habitudes dont on pourrait se passer. Et puis, qu'est-ce que cela me donnerait si je parvenais même à savoir pourquoi c'est si agréable? Sans doute que rien; tout ce que je gagnerais, c'est que ce serait moins agréable et, absorbé par mes pensées, je n'apercevrais pas le saule qui, penché sur la berge, plonge dans l'eau ses branches comme des nattes vertes et souples. Ni les trois oiseaux gris au cou de saphir qui prennent leur envol de loin en loin parmi les roseaux et qui, de temps en temps, dissimulent ce cou dans l'eau. Et bien que ce soient là des oiseaux, personne ne peut leur reprocher d'être sur l'eau et non pas dans l'air. S'ils en ont la moindre envie, ils s'envoleront.

C'est sans doute l'après-midi, mais il n'est pas tard, le soleil est encore haut, mais de façon gentille, car il n'est pas directement au-dessus des têtes, si bien qu'on lui tient compagnie mais qu'on ne lui succombe pas.

Mais tout à coup la lumière devient rapidement comme désagréable, blafarde et criarde en même temps, l'eau durcit, il n'y a plus d'oiseaux, il n'y a plus de lac, mais seulement moi qui suis assis sur une chaise et qui rame, mais sans la moindre rame. Près de moi se tient un homme en queue-de-pie, qui me tend la main. Et devant moi énormément de gens, assis dans des rangées, et qui rient.

– Je vous remercie, me dit l'hypnotiseur. Se tournant ensuite vers la salle : Au suivant, messieurs dames!

J'essaie encore avec les bras, sans rames et sans rien du tout, plusieurs fois. Les rires redoublent dans la salle. Je m'arrête donc, je me lève de la chaise et je descends de la scène au milieu de nombreux rires.

J'ai la tête qui me tourne un peu. Quand cela passera, j'essaierai de comprendre de quoi, en fait, ils ont tous ri.

La tour

DANS son château le seigneur s'est retranché.

Du haut de la plus haute pièce de la plus haute tour il contemple, par la fente de la meurtrière, son domaine.

Aussi loin que porte la vue : des forêts. Bleutées par la distance, à même l'horizon, elles ne s'assombrissent que lorsque le regard s'en approche. De ce côté du district, elles constituent une noire muraille.

Ces forêts sont difficiles à traverser. On n'y trouve pas de routes, et l'envahisseur ne les franchirait point sans y laisser son lourd matériel de siège, de ravitaillement et d'entretien. Les forêts, donc, sont les premières à protéger le châtelain.

Devant le cercle des forêts : de vertes prairies. Mais leur verdure est un peu trop verte, beaucoup trop verte, d'un vert décidément bien criard pour qu'il puisse, même à celui qui ne connaît pas la vérité à son sujet, inspirer la moindre confiance. Car ce ne sont pas là des prairies mais d'abyssales fondrières, recouvertes seulement en surface par cette verdure trop pure. Qui n'en connaît point les endroits praticables ne manquerait pas de s'y noyer. Donc, même si les forêts venaient à faire défaut, ces marécages protégeraient le châtelain.

Quant au château, il est sis sur une élévation, et celle-ci est entourée à ses pieds d'une palissade de piliers, de pieux dangereusement acérés. Devant la palissade, un fossé profond, d'eau rempli, et un second fossé, identique, du côté intérieur. Satisfait, le châtelain regarde ce triple anneau de ses fortifications défensives.

A partir du pont-levis, seul un sentier taillé dans le roc, en vertigineux lacets, abrupt, mène à l'élévation, et sur celle-ci les murailles du château davantage encore élèvent vers le ciel l'inaccessible verticalité de la roche. Puissantes sont ces murailles, couronnées de créneaux, de tours et de tourelles, que le châtelain, de plus haut encore, contemple. Et il se félicite que l'anneau de cette deuxième fortification défensive le protège plus encore que le premier, car il est absolument inaccessible et absolument défensif.

Et il se dit : même si par un miracle inconcevable l'ennemi parvenait à franchir le seuil de ces murs, il ne pourrait toujours rien me faire, je peux continuer à dormir tranquille. Car cet ennemi se trouverait dès lors au pied de la citadelle, devant le château intérieur, ce château dans le château, c'est-à-dire au bas de la plus haute tour, qui est indépendante du reste de la fortification, qui possède les murailles les plus épaisses et contient ses propres réserves de victuailles qui lui permettraient de soutenir le siège le plus long qui soit. On ne peut y pénétrer qu'un par un, en admettant que l'on puisse forcer l'étroit portail constitué de trois séries de poutres de chêne, toutes bardées de métal; donc, quel que soit le nombre des assaillants, un seul d'entre eux pourrait se glisser à l'intérieur, et ce ne serait que pour périr sur-le-champ de la main de défenseurs plus nombreux. Qui plus est, depuis le vaste vestibule, un escalier derechef étroit mène à des pièces situées de plus en plus haut. Cet escalier tourne en colimaçon, taillé à l'intérieur d'une épaisse muraille; il n'est donc possible de porter l'assaut vers le haut qu'avec peu de recul, et un par un, avec cette difficulté supplémentaire que les défenseurs ont la partie belle car ils peuvent donner leurs coups d'en haut, alors que les assaillants qui se pressent derrière le premier des leurs ne sont pas même en état d'apercevoir leurs ennemis et ne peuvent, par conséquent, utiliser ni lances ni arbalètes. Que voilà une rusée construction, se dit le châtelain, qui se sent davantage encore, que dire, presque complètement en sécurité. Il sait qu'aucun ennemi ne parviendra jusqu'à lui en franchissant cette fortification, la plus puissante des trois, car entièrement verticale, qui s'élance tout simplement de la terre jusques aux cieux.

Il se détourne de la meurtrière, barrée par la ligne lointaine, ô combien lointaine heureusement, de l'horizon, et il regarde sous ses pieds la première, la deuxième, la troisième marche qui s'enfoncent dans l'abîme de l'escalier. C'est qu'il se trouve dans la plus haute salle, et à ses pieds prend fin l'escalier, les dernières marches de l'interminable escalier. A ses pieds, dans le plancher, un gouffre d'escalier. Et il se dit : imaginons même que périssent mes nombreux et fidèles soldats; de cet endroit, seul, je tiendrai la dragée haute à tout assaillant, personne ne parviendra jusqu'à moi, car personne ne réussira à s'élever au-dessus de mes pieds.

Et même si, même si... ah, quelle hypothèse absurde, quelle impossibilité! Même si, donc, par un hasard absolument impossible, je venais à apercevoir devant moi, sur un pied d'égalité, une lame dirigée contre moi, eh bien je n'aurais pas peur non plus, car je porte sur moi une armure d'une telle solidité qu'aucune lame, fût-elle enfoncée avec la dernière force, ne pourrait la transpercer. J'en sais quelque chose, c'est une armure que j'ai déjà soumise à plus d'une rude épreuve.

Et c'est ici enfin, ah enfin, qu'apparaît la limite de toutes les craintes qu'il puisse se formuler. La moindre frayeur, fût-elle des plus ténues, fût-elle des plus fantaisistes, se termine là, devant l'armure, à la surface du métal de sa cuirasse. Sous l'armure, il ne connaît plus que la paix, il ne songe plus désormais qu'à cette paix. Triomphalement, le baume au cœur, l'esprit soulagé, se disant combien icelle paix est définitive, illimitée, et que rien jamais ne la viendra troubler.

Il sent tout à coup que quelque chose frappe.

Non point à travers les forêts...

Non point à travers les prairies bourbeuses...

Non point contre la palissade...

Non point contre les murailles du château...

Non point contre le portail de la tour bardé de fer...

Non point contre l'armure...

...si, contre l'armure, mais du côté intérieur. De toute évidence, quelque chose a frappé la cuirasse de l'intérieur.

– Trahison! s'écrie le châtelain. Il enlève prestement sa cuirasse, s'empare de sa dague et l'enfonce dans la partie gauche de sa poitrine, là où attaque un adversaire inconnu.

Et le châtelain de passer de vie à trépas.

Table

Table

Du même auteur

AUX ÉDITIONS ALBIN MICHEL

L'Éléphant (nouvelles)
Les Porte-plume (nouvelles)
Une souris dans l'armoire (nouvelles)
Le Pic du bossu (théâtre)
Les Émigrés (théâtre)
Tango (théâtre)

CHEZ D'AUTRES ÉDITEURS

Le Contrat (L'Age d'Homme)
L'Arbre (Éditions Noir sur Blanc)

CET OUVRAGE A ÉTÉ COMPOSÉ
ET ACHEVÉ D'IMPRIMER SUR ROTO-PAGE
PAR L'IMPRIMERIE FLOCH À MAYENNE
POUR LES ÉDITIONS ALBIN MICHEL
EN OCTOBRE 1991

N° d'édition : 11917. N° d'impression : 31041.
Dépôt légal : novembre 1991.

Imprimé en France